7 FATES
CHAKHO
WITH BTS

7 FATES

CHAKHO

WITH BTS

7 F A T E S
CHAKHO
WITH BTS

7 FATES

CHAKHO

WITH BTS

7 FATES
CHAKHO
WITH BTS

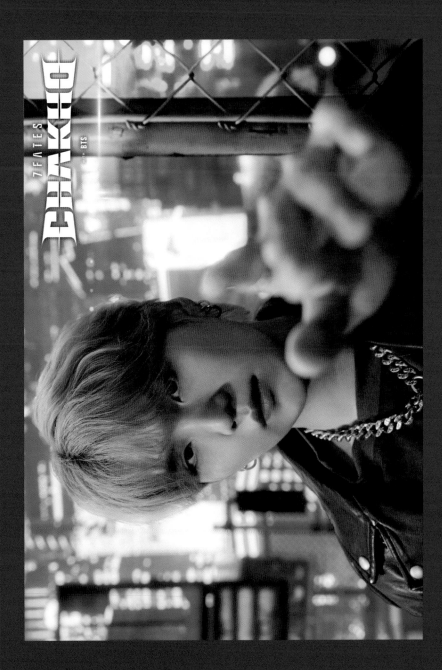

7 FATES

CHAKHO

WITH BTS

7 FATES
CHAKHO
WITH BTS

7FATES

CHAKHO

WITH **BTS**

기획/제작
HYBE

공동기획

WEB TOON

7FATES
CHAKHO

WITH **BTS**

5
WEBNOVEL

학산문화사

차례

제 51 화

인간도, 범도 아닌 것

차가운 밤바람이 불어왔다.

최 상병은 코를 훌쩍거리며 김 일병을 돌아봤다.

김 일병은 잔뜩 긴장한 표정으로 정면을 노려보고 있었다.

지금 그들이 있는 곳은 2구의 아파트 옥상.

사람이 빠져나간 아파트 단지는 을씨년스럽기 그지없었다.

"뭘 그렇게 긴장해? 긴장 좀 풀어."

최 상병의 말에 김 일병이 허리를 곧추세웠다.

"범이 나타날지도 모르지 말입니다."

"인마, 우리가 지금 여기에 왜 나와 있냐? 요새 범 습격이 줄어들어서 1구부터 5구까지 싹 정리하라고 나온 거잖아."

범이 인간을 습격하는 일이 줄어들면서 범 때문에 더는 사람이 살지 않게 된 지역을 확인하고 정리하라는 명령이 떨어졌다.

한 지역에 한 소대가 보내졌고, 한 소대마다 범 사냥꾼 5명이 동반했다.

최 상병이 와 있는 아파트 놀이터에도 범 사냥꾼 한 명이 그네에 앉아서 꾸벅꾸벅 졸고 있었다.

"그렇긴 한데…… 제 친구에게 들은 게 있지 말입니다."

"듣긴 또 뭘 들어?"

"그게 말입니다. 범 습격은 줄었는데 여전히 실종자들은 늘어나고 있다고 합니다. 그런데 이제는 그게 뉴스에도 방송되지 않는답니다. 아무래도 실종자에 대한 정보를 막는 세력이 있는 것 같다고 합니다."

김 일병은 다 좋은데 음모론을 너무 믿는 경향이 있다.

김 일병의 친구들도 다 그런 쪽이라는 걸 최 상병은 알고 있었다.

다른 때라면 무시하겠지만 교대 시간이 될 때까지 시간을 때워야 하니 장단을 맞춰주기로 했다.

"범이 인간을 잡아먹고 죽이고 납치한다는 건 다 알려진 사실인데, 왜 인제 와서 그걸 막는 건데?"

"그 짓을 한 게 범이 아니라는 소문이 있습니다."

"……그럼 뭐가 그 짓을 하는데?"

"괴물."

"……괴물?"

"네, 최 상병님. 이 도시 어딘가에 괴물이 있습니다."

얘를 어쩌면 좋지?

최 상병은 김 일병을 지그시 응시하다가 그의 뒤통수를 가볍게 때렸다.

"멍청한 소리 좀 하지 마, 이 자식아. 네가 자꾸 그딴 소리나 해대니까 다들 우습게 보는 거야. 괴물은 무슨……. 아직도 범이 믿기지 않는 판에 괴물까지? 신시가 아주 지옥이시게요?"

"진짭니다. 그 친구는 진짜 믿을 만한 정보만 얘기하는 친구입니다."

"허이구, 그러세요? 그래서, 또 무슨 믿을 만한 정보를 주셨는데?"

"최 상병님, 무기 제작사들에 대해 들어보셨습니까? 무기 제작사 중에는 아무리 봐도 사람 같지 않은 사람이 섞여 있다고 합니다."

"……사람이 아니면 뭔데? 그것도 괴물이야?"

"네. 사람 같기는 한데 괴물같이 생겼다고 합니다. 그들은 신시 지하 깊은 곳에 살면서 무기를 만들어 거래소에 내다 파는데, 지금 그들이 만들어서 판 무기가 시중에 풀리지 않는다고 합니다. 누군가가 다 사들이고 있답니다."

최 상병이 한심하다는 눈빛으로 김 일병을 지그시 응시했지만 김 일병은 계속해서 말했다.

"그것 때문에 범 사냥꾼들도 무기 구하기가 힘들어져서 범 사냥꾼들끼리도 싸우고 그런답니다. 너무 이상하지 않습니까? 마치 사람끼리 싸움을 붙이는 것처럼. 제 친구 말로는 이 뒤에 있는 세력이 이살의……"

김 일병이 진지한 어조로 거기까지 말했을 때였다.

"흐…… 흐억! 이게 뭐야?"

어둠을 뚫고 비명과 함께 총소리가 울렸다.

탕- 탕- 탕-

최 상병과 김 일병은 황급히 총을 꺼내 들고 조심스럽게 아래를 내려다봤다.

사람이 떠난 2구는 전기가 들어오지 않아서 가로등 불빛도 없는 어둠에 잠겨 있었다. 그나마 달빛으로 시야를 확보할 수 있었는데, 구름이 끼어서 그조차도 쉽지 않았다.

그런데도 최 상병과 김 일병은 저 아래 놀이터 쪽에 무언가가 있다는 걸 알 수 있었다.

어둠보다 더 어두운 무언가.

탕– 탕–

"범인가……?"

최 상병이 중얼거렸지만 김 일병은 대답하지 않았다.

공포에 질린 눈으로 아래쪽을 노려보고 있을 뿐.

겁나는 건 최 상병도 마찬가지였다.

총을 가지고 있긴 해도 이 총은 같은 인간에게나 위협이 될 뿐, 범에게는 아무 위협도 되지 않는다.

고작 해봐야 작은 상처 하나 정도만 입힐 수 있을 뿐.

"씨X. 뭐가 보여야 쏘든지 하지."

그때였다.

"으아아아아아악!"

범 사냥꾼이 폐부를 찌르는 비명을 내질렀다.

오금이 저릴 정도로 처절한 절규에 밤공기가 얼어붙었다.

최 상병은 이런 종류의 비명을 들어본 적이 없었다. 도와주러 내려가야 한다는 생각도 못 한 채 멍하니 어둠을 응시했다.

비명은 시작될 때처럼 갑작스럽게 끝났다.

서늘한 고요가 내려앉았다. 차가운 바람이 부는데도 이마를 타고 식은땀이 주륵 흘러내렸다.

숨 막히는 정적을 깨고 작은 목소리가 들려왔다.

"팔십팔."

그 목소리에 찬물을 뒤집어쓴 듯 정신을 차렸다.

"으아아아! 저, 저게……."

"쏴! 얼른 쏴!"

또다시 아래쪽이 소란스러워졌다.

최 상병은 황급히 총을 들고 일어나서 아래층으로 뛰어 내려가려 했다.

그러다가 김 일병이 떠올라서 돌아보니, 그는 난간 옆에 쭈그러져서 덜덜 떨고 있었다.

"야, 이 새끼야. 정신 차려! 얼른 일어나!"

"……."

"일어나라고, 이 새끼야!"

그러는 와중에도 총소리와 비명은 계속 이어졌다.

아까 범 사냥꾼이 내지른 것 같은 비명이 몇 번이나 울렸다.

"재훈아!", "형진아!", "병장님!", 최 상병도 아는 이름들을 울부짖듯 외치는 소리도 들렸다.

저 아래에서 벌어지는 일은 명백했으나 최 상병은 알고 싶지 않았다. 이 모든 것이 끔찍한 악몽 같았다.

바람에 실려 비릿한 냄새가 풍겨왔다.

이 냄새가 무엇인지도 최 상병은 알고 싶지 않았다.

그저 김 일병을 일으켜 세우는 것이 인생 최대의 목표라도 된다는 듯, 최 상병은 김 일병의 멱살을 쥐고 흔들었다.

"일어나! 정신 차리고 일어나라고, 이 멍청한 새끼야! 언제까지 쭈그러져서 덜덜 떨기만 할 거야. 우리가 누구냐? 응? 우리가⋯⋯."

"구십구."

바로 뒤에서 음산한 목소리가 들려왔다.

목소리를 듣는 순간, 소름이 척추를 타고 흘러내렸다.

김 일병의 멱살을 쥐고 있던 손에서 힘이 빠졌다.

최 상병은 감히 뒤를 돌아볼 수도 없었다.

"구십구⋯⋯. 구십구⋯⋯. 구십구⋯⋯."

그 목소리는 마치 기계음 같았다.

감정이 조금도 담기지 않은 기괴한 목소리가 점점 가까워졌다.

그제야 최 상병은 총을 쥐고 돌아서서, 그것이 무엇인지 확인하지도 않고 방아쇠를 당기려 했지만, 그것이 더 빨랐다.

푸욱-

그것의 길고 날카로운 손이 최 상병의 얼굴을 정면에서 꿰뚫었다.

그제야 최 상병의 눈에 '그것'의 모습이 들어왔다.

말 같은 다리에, 뼈밖에 없는 인간의 상반신, 이상할 정도로 긴 두개골에 촘촘하게 박혀 있는 여러 개의 눈동자, 그리고 기이할 정도로 커다란 입.

"그 짓을 한 게 범이 아니라는 소문이 있습니다."

조금 전, 김 일병과 나눴던 대화가 떠올랐다.

최 상병의 피 맺힌 눈에서 눈물이 주룩 흘러내렸다.

"흐, 흐아아아악! 최, 최 상병님!"

김 일병의 외침을 들으며 최 상병은 생각했다.

'이 멍청한 새끼야. 도망치지 않고 뭐 해?'

도망치라고 말하고 싶은데 입이 움직이지 않았다.

손발이 차게 굳어서 꼼짝도 할 수 없었다.

안 그래도 커다란 괴물의 입이 더 크게 벌어지는데도, 최 상병이 할 수 있는 건 그저 그 입을 바라보는 것뿐.

그것의 커다란 입이 최 상병의 머리를 삼킨 건 순식간에 벌어진 일이었다.

고요한 아파트 옥상에 뼈 부서지는 소리만 울려 퍼졌다.

김 일병은 제 눈앞에서 벌어지는 일을 믿을 수가 없어서 숨만 헐떡거리며 '그것'을 올려다보고 있었다.

손에 쥔 차가운 총기가 느껴지지만, 그걸로 저것을 죽일 수 있을 거란 생각이 들지 않았다.

그러는 동안에도 긴 두개골에 박혀 있는 눈동자들은 김 일병을 향해 있었다.

이윽고 최 상병의 흔적이 완전히 사라진 후.

그것이 하아, 한숨을 내뱉었다.

그 후, 그것의 육체가 변하기 시작했다.

말의 뒷다리 같았던 다리가 일자로 뻗으며 인간의 다리처럼 변해가고, 뼈밖에 없던 상반신에 살이 차오르기 시작했다.

곤충의 다리처럼 생겼던 여러 개의 팔이 투둑투둑 떨어져 내리고, 어깨 부근에서 인간의 것과 같은 새로운 팔이 자라났다.

길었던 두개골의 윗부분이 점점 작아지며 몸통과 균형 있는 크기가 되었고, 근육과 살이 붙어 제대로 된 장소에 눈과 코, 입술이 생겼다.

조금 위화감이 느껴지기는 해도, 언뜻 보면 완벽한 인간처럼 보이는 모습.

그것의 입술이 벌어지며 아까보다 덜 기계적인 목소리가 흘러나왔다.

"백."

김 일병은 숨을 멈췄다.

'사, 사람이 됐어……'

온몸에 찬 기운이 퍼졌다. 자꾸만 비명이 터져 나오려 하는 걸 간신히 참았다.

정면을 향해 있던 그것의 눈동자가 김 일병을 향해 천천히 내려갔다.

그것이 고개를 옆으로 끼기긱 기울였다.

소리가 나는 건 아닌데 그런 소리가 날 것처럼 부자연스럽게 움직였다.

"내가 무섭니?"

그가 물었다.

김 일병은 대답할 수 없었다.

그것의 입가에 옅은 미소가 떠올랐지만 좋은 느낌이 들지 않았다.

"그럼 이건 어떠니?"

그것의 모습이 기괴하게 뒤틀렸다가 정상적으로 돌아오자, 김 일병의 눈앞에는 최 상병이 서 있었다.

하지만 김 일병은 그것이 최 상병이 아니라는 걸 알았다.

어딘지 모르게 만들어낸 것 같은 위화감이 느껴졌다.

"이러면 덜 무섭니?"

'그것'이 히죽 웃더니 입을 크게 벌렸다.

그 끝을 알 수 없는 암흑이, 그것의 입안에 존재했다.

그 암흑에 삼켜지며 김 일병은 언젠가 친구에게 들었던 이야기를 떠올렸다.

"신시에, 인간도, 범도 아닌 게 돌아다니고 있는 게 분명해."

제 52 화
너의 이름

김 일병을 삼킨 그것이 중얼거렸다.

"백일."

그것은 자신이 가야 할 곳을 알았다.

아직은 익숙하지 않은 몸이라서 까드득까드득 여러 번 고개를 움직인 후에야 그것은 천천히 걸음을 옮겼다.

그림자에 숨어 느리게 이동한 그것이 도착한 곳은 이살 타워의 꼭대기 층이었다.

그것은 꼭대기 층에 있는 것이 자신이 찾는 사람만이 아니라는 것을 알고 잠시 대기했다.

이윽고 문이 열리며 한 무리의 사람들이 나왔다.

"그럼 회장님, 앞으로도 잘 부탁드립니다."

"회장님이 계셔서 우리 신시가 이나마 버틸 수 있습니다. 정말 감사하고 있습니다."

그것은 그들이 경찰청장, 시의원 등 신시에서 주요 요직에 앉아 있는 사람들이라는 것을 알지 못했지만, 지금 이 순간 함부로 나서서는 안 된다는 걸 알았다. 그냥 알 수 있었다.

굽실거리던 사람들이 사라지자 그것은 그림자에서 나와 꼭대기 층의 방문을 열고 천천히 걸어 들어갔다.

이살 타워의 주인 환웅은 소파에 느긋하게 다리를 꼬고 앉아서 그것을 응시했다.

그것은 환웅의 앞에 멈추더니 무릎을 꿇고 앉아 환웅의 허벅지에 뺨을 기댔다.

"제게 이름을 주세요, 아버지."

환웅이 미소 지으며 그것의 머리를 쓰다듬었다.

"지귀. 네게는 그 이름을 주마."

표리를 찾아보기로 한 후, 제하는 하루와 함께 표리가 살던 집에 가봤지만 아무도 찾을 수 없었다.

수확 없이 본부로 돌아온 제하는 나머지 일행이 둥글게 둘러앉아서 범의 눈썹을 노려보고 있는 장면을 목격했다.

"저기, 다들 뭐 하는 거야?"

"재미있어 보이는구나. 나도 끼워다오."

제하와 하루가 동시에 말했다.

"오, 제하. 왔어? 얼른 이리 와서 앉아."

도건이 엉덩이를 움직여 제하와 하루가 앉을 공간을 마련해 줬다.

하루는 신이 나서 자리에 앉았지만, 제하는 미심쩍은 표정으로 천천히 가서 앉으며 물었다.

"뭐 하는 건데?"

"고민하는 거지, 뭐. 저 범의 눈썹으로 타배의 과거를 제대로 알아낼 수는 없을까 싶어서."

"표리는 찾았어?"

환의 질문에 제하가 고개를 저었다.

"아니. 아무도 없더라고. 하루 말로는 원래 있던 물건들도 다 사라졌대. 아무래도 집을 옮긴 게 아닐까 싶어."

표리를 못 찾았다는 말에도 다들 크게 실망하지 않는 걸 보니, 쉽게 찾을 수 없을 거라는 걸 짐작하고 있었나 보다.

제하는 그들 사이에 놓여 있는 범의 눈썹을 응시했다.

타원형의 잿빛 털 뭉치.

제하는 아직도 저걸로 전생을 볼 수 있다는 걸, 그리고 일곱 명의 전생이 모두 똑같다는 걸 믿기 어려웠다.

어떻게 일곱 명의 전생이 똑같을 수 있는 걸까?

하지만 무턱대고 믿지 않기에는 제하가 척살검을 쥐었을 때나 꿈에서 본 것들이 있었다.

심지어 얼마 전에는 주안도 꿈에서 제하와 같은 것을 봤다.

타배가 아닌 타배가 범들을 학살하는 것을 지켜볼 수밖에 없었던 타배의 기억.

그 후로 제하와 주안의 상처가 회복되는 속도가 비약적으로 상승했다.

힘도 전보다 강해졌는데, 그 힘이 원할 때가 아니라 아무 때나 불쑥불쑥 튀어나오는 통에 한동안은 본부 안의 물건을 부수고 다녔다.

하루가 더는 안 되겠다며 제하와 주안을 붙들어놓고 앉아서 정신 수행을 시키지 않았다면 가구를 전부 새로 사야 하는 사태가 벌어졌을 것이다.

하루가 시킨 정신 수행이 도움이 될까 싶었지만 의외로 도움이 되었다.

제하와 주안은 깨닫지 못했지만, 힘이 불쑥불쑥 튀어나오는 건 두 사람이 범이나 괴물, 혹은 꿈에서 본 타배의 기억 같은 걸 떠올릴 때였다.

하루한테 어깨를 맞아가며 수행한 덕에 힘을 어느 정도 안정시킬 수 있었다.

"내가 저걸로 전생을 봤을 때, 타배는 그냥 영웅이었거든. 그런데 너희가 본 건 또 다른 타배가 있는 거잖아. 범들을 학살한 타배. 아무래도 저게 보여주는 전생이 불완전한 것 같은데……. 저걸로 전생만 제대로 볼 수 있으면 범이랑 곰이 어떤 능력을 가졌는지, 대체 무슨 일이 있었던 건지 확실하게 알 수 있지 않을까?"

세인의 말대로 범의 눈썹이 제대로 움직여준다면 굳이 표리를 찾을 이유가 없었다.

하지만 이렇게 모여 앉아 있다고 해서 범의 눈썹을 제대로 다룰 만한 묘안이 나오는 것도 아니었다.

그들은 한동안 미간을 모은 채, 범의 눈썹을 노려봤다.

얼마나 시간이 흘렀을까.

불현듯 포수가 울렸다.

최근에는 울리는 일이 거의 없는 포수 알람에 그들은 반사적으로 일어나서 무기를 쥐었다.

누가 먼저랄 것도 없이 본부를 뛰어나가 포수에 표시된 위치로 달려갔다.

빠른 속도를 낼 수 있는 호수와 주안이 가장 먼저 도착했고, 그다음에 제하와 하루가 도착했다.

포수에 표시된 위치는 커다란 상가 건물 뒤의 주차장.

하지만 그곳에는 아무도 없었다.

호수는 이런 일을 겪은 적이 있다.

저번에 호랑나비가 착호를 죽이기 위해 포수를 사용했을 때.

"함정일지도 몰라."

호수가 작게 속삭이며 사슬을 손에 감고 주위를 경계했다.

나중에 도착한 환과 세인, 도건이 숨을 몰아쉬었다.

세인이 물었다.

"뭐야? 어디 있어? 벌써 끝났어?"

"아무도 없었어."

제하의 말에 세인의 표정이 일그러졌다.

"뭐? 또 함정인 거 아냐?"

그들에게 같은 인간인 호랑나비 사냥꾼들이 함정을 파서 죽이려 했던 일은 트라우마로 남아 있었다.

환도 경계심 가득한 눈으로 주위를 둘러봤다.

일곱 명이 등을 붙이고 둥글게 서서 사방을 확인하던 중에 주안이 말했다.

"피 냄새가 나. 한번 잘 맡아봐 봐."

그 말에 다들 냄새를 맡으려고 코를 킁킁거렸다.

제하가 고개를 끄덕였다.

"그러게. 희미하긴 한데…… 피 냄새 같은 게 나."

공기 중에 불길한 냄새가 섞여 있었다.

도건이 어딘가로 걸어가더니 바닥을 가리켰다.

"피."

다들 그리로 몰려가서 도건이 가리킨 곳을 확인했다.

점점이 떨어진 핏방울.

몇 방울 되지 않아서 주의 깊게 보지 않으면 그냥 넘어갈 수준의 흔적이었다.

"함정이 아니야. 뭔가 있었어."

세인이 도건을 돌아봤다.

"범일까?"

"범이 아니면 뭐겠냐?"

제하가 중얼거렸다.

"괴물일 수도 있어. 지금 이 신시에서 사람을 죽이는 건 범 뿐만이 아니야."

괴물을 상대해본 주안과 하루의 눈빛은 무겁게 가라앉았지만, 호수와 세인, 환과 도건은 아직 괴물을 본 적이 없기에 그리 긴장한 기색을 보이지는 않았다.

오히려 그들은 곰의 힘까지 깨어나서 전보다 훨씬 강해진 제하와 주안이 왜 저렇게 긴장하는지 의아하기까지 했다.

그들은 근처를 둘러봤지만 핏자국 외에는 더 이상 발견한 것이 없었다.

혹시나 해서 상가 1층의 경비실에 찾아가 봤지만, 경비원은 아무것도 듣지 못했다고 했다.

"CCTV에 찍힌 건 없나요?"

주안의 질문에 경비원은 머쓱한 표정으로 말했다.

"주차장 쪽 CCTV는 고장 난 지 오래라서……."

아무 소득 없이 본부로 돌아가는 길에 제하가 말했다.

"요새 범들이 인간을 습격하는 일이 줄었잖아. 예전에는 뉴

스나 인터넷 방송에도 범이 습격하는 장면을 찍어서 내보내는 일이 종종 있었는데 그것도 뚝 끊겼고."

도건이 고개를 끄덕였다.

"응. 확실히 끊기기는 했지. 그런데도 실종자가 계속 생긴다는 얘기가 있는데…… 방금 전의 상황이 그런 건가?"

"그럴지도 모르겠네. 범들이 방식을 바꾼 건가? 인간을 괴롭히지 않고 순식간에 먹어치우는 방식으로?"

환의 말에 제하가 고개를 저었다.

"아까도 말했지만 범이 아닐 수도 있어. 저기 있던 사람이 괴물을 봤고, 습관적으로 포수를 눌렀는데 도망칠 기회도 없이 잡아먹혔을 가능성."

"하긴. 꼭 범이 나타날 때만 포수를 누르라는 법은 없으니까. 괴물 같은 걸 보면 자연스럽게 포수를 눌러서 도움을 청하겠지."

제하의 심각한 표정과 달리 세인의 표정은 평화로웠다.

괴물과 싸워본 적이 없기에 그게 얼마나 심각한 문제인지 모르는 것이다.

"다들 잘 들어. 괴물은 정말로 강해. 그리고 어떤 방식으로 공격을 해올지 짐작도 할 수 없고. 괴물마다 전부 다른 능력을 가진 것 같거든. 그러니까 포수가 울렸을 때, 전처럼 시간 되는 사람끼리 달려갈 생각하지 마. 절대로 그러면 안 돼."

제하가 걸음을 멈추고 일행을 돌아봤다.

"반드시 우리 일곱 명이 같이 다녀야 해. 반, 드, 시."

제하의 절박한 표정보다도 그들을 더 섬뜩하게 만든 건 주안의 중얼거림이었다.

"그런다고 이길 수 있을지는 모르겠지만……."

범을 만나서 싸운 것도 아닌데 본부로 돌아가는 발걸음이 무거웠다.

그렇게 본부 앞에 도착했을 때, 반가운 손님이 찾아와 있었다.

연희는 아랫입술을 잘근 깨물고 자신의 동생인 연우를 꽉 끌어안았다.

이제 일곱 살인 연우는 엄마가 보고 싶다며 내내 울었는데, 그 소리는 철창 안에 갇힌 사람들을 짜증 나게 했다.

같은 철창에 있던 사람들은 욕설을 뇌까리며 연희에게 눈치를 줬다.

연희도 이제 고작 열세 살이었지만, 여기서 사람들에게 밉보이면 어떤 취급을 받을지는 눈치껏 알 수 있었다.

"울지 마, 연우야. 울지 마."

연희는 몇 번이나 했던 말을 되풀이했다.

"누나아아, 엄마…… 엄마 보고 싶어어어어."

"아, 거 좀! 누구는 엄마 안 보고 싶나? 입 좀 닥쳐!"

아버지뻘의 남자가 버럭 외치는 소리에 연희의 몸이 움츠러들었다.

다들 배고픔과 두려움 때문에 신경이 날카로워진 상태였다.

범들은 하루에도 몇 번씩 들어와서 갇혀 있는 사람을 한 명 끄집어내 끔찍한 고문을 하곤 했다.

고문을 받고도 살아남으면 도로 철창에 집어넣었고, 죽어버리면 그 자리에서 먹어치웠다.

그런데 이상하게도 며칠 전부터 그런 일이 끊겼다.

범들이 찾아오지 않는다.

그렇다고 마냥 기뻐할 수도 없는 일이, 이대로 가다가는 다 굶어 죽게 생겼다.

물 한 모금, 밥 한 숟가락 먹지 못한 사람들은 점점 생기를 잃어가고 있었다.

덜컹-!

그때, 오랜만에 지하 감옥의 문이 열렸다.

잿빛 범과 노란 범이 터벅터벅 걸어 들어오는 모습에 다들 숨을 죽였다.

어린 연우도 범들이 나타났다는 것이 어떤 의미인지 알기에 울음을 멈추고 연희의 품에 얼굴을 파묻었다.

두 범은 제일 가까이에 있는 철창을 두 손으로 잡았는데, 그게 하필이면 연희와 연우가 있는 철창이었다.

연희는 연우를 꽉 끌어안고 몸을 움츠렸다.

"하, 씨. 배고파 죽겠는데, 뭔 상황을 지켜보라는 거야? 야, 뭐로 먹을래?"

"아무거나 하나 꺼내."

노란 범이 철창 안쪽을 들여다보며 짓궂은 눈빛을 지었다.

"이봐, 인간들. 네놈들이 골라봐라. 우리가 누구를 먹어야 배불리 먹을 수 있을까?"

연우에게 욕설을 내뱉었던 남자가 얼른 대답했다.

"거, 거기! 그 꼬맹이를 드세요! 거기, 범님 가까이에 있는 그 녀석이요!"

남자의 손가락이 제 동생을 가리킨다는 걸 깨달은 연희가
연우를 안은 팔에 힘을 주고 눈을 질끈 감았다.

제 53 화
용서 part 1

누구든 반대해주기를 바랐지만 아무도 반대하지 않았다.

연희의 몸이 부들부들 떨리고 연우의 목에서 흐느낌이 새어 나왔다.

"우린 몹시 배가 고프거든? 그런데 이건 너무 작잖아. 좀 더 큰 거로 골라봐."

"그럼 그 여자애도 같이 드시면 되잖아요."

남자 옆에 있던 여자가 말했다.

남자의 부인이었다.

"그러라는데, 어쩔까?"

"배가 찰 것 같지는 않은데, 일단 먹어볼까?"

잿빛 범과 노란 범이 서로를 마주 보며 히죽 웃었을 때였다.

덜컹-!

또 문 열리는 소리가 들리더니 회색에 갈색 줄무늬가 있는 범이 들어왔다.

철창 안에 갇힌 사람들은 그 범의 이름이 '마로'이며, 이 무시무시한 범들의 대장이라는 것을 알고 있었다.

가장 잔혹하게 인간을 괴롭히는 범이기에 모두가 숨을 죽였다.

하지만 모두의 예상과 다른 일이 벌어졌다.

마로가 두 범의 뒤통수를 때리며 성질을 낸 것이다.

"내가 상황을 지켜보라고 했지?"

"아, 그냥 상황을 지켜보려고 온 거라고요."

마로의 콧등에 주름이 생기며 크르르르, 하고 무서운 목 울림이 흘러나오자, 잿빛 범과 노란 범이 철창을 잡았던 손을 놓고 뒷걸음질을 쳤다.

"우린 나가볼게요."

"상황을 지켜보겠습니다."

두 범이 도망치듯 지하 감옥을 나갔다.

마로는 한숨을 삼키며 지하 감옥 안을 둘러봤다.

오십 명이 넘는 인간이 철창 안에 갇혀서 바들바들 떨고 있었다.

전에는 유쾌했던 그 모습이, 이제는 유쾌하지 않다.

"범들을 엄호해!"

약해 빠진 주제에, 겁도 없이 괴물을 향해 총을 쏘아대던 범 사냥꾼 윤미가 떠올랐다.

괴물에게 당해 처참하게 죽은 마지막 모습과 제발 이러지 말라며 애원하던 나래의 모습이 겹쳐졌다.

그러면 심장 부근이 끔찍이도 저려서 욕지기가 치밀었다.

내가 무슨 짓을 한 걸까? 어떻게 불티가 나래를 죽이는 걸 보고만 있었지? 나래가 죽었다는 말을 듣고도 웃어넘길 수 있었지? 내 머리가 어떻게 됐던 거지?

그런 의문과 함께, 자후도 떠올랐다.

오랜 옛날 그 싸움에서 자후는 든든하게 마로의 뒤를 지켜 주던 동료였다.

인간을 향한 증오가 눈앞을 까맣게 가려서 제 살을 뜯어먹히는 짓을 하고 있다는 걸 눈치채지 못했다.

이 손으로 죽인 범이 몇인가.

단지 인간에게 친절하다는 이유로 한때는 친구였던 자들을 얼마나 많이 찢어 죽였는가.

내가 배신자 타배와 다를 것이 무엇인가.

인간 친화적인 범들을 배신자라고 생각했는데, 그들에게 배신자는 자신이었을 것이다.

그들은 적어도 먼저 마로에게 손톱을 드러내지 않았으니까.

마로가 철창의 자물쇠에 손을 댔을 때, 뒤에서 불티의 목소리가 들려왔다.

"뭐 해, 형?"

"인간들을 풀어주려고."

"아."

이번에도 불티는 반대하지 않았다.

"그래, 뭐. 이런 짓은 우리랑 안 어울리긴 하지. 그냥 한 놈, 한 놈 도망치는 걸 잡아서 먹는 편이 더 재미있잖아."

불티는 저렇게 말하면서도 최근에는 인간을 먹지 않는다는 것을 마로는 알고 있었다.

하지만 그 부분을 지적하지 않고 철창의 자물쇠를 손톱으로 베어버렸다.

철그렁—

자물쇠가 바닥에 떨어지고 철창문이 열렸지만, 인간들은 아무도 밖으로 나오지 않았다.

최대한 마로와 불티에게서 멀리 떨어진 곳에 앉아 부들부들 떨고 있을 뿐.

마로와 불티는 신경 쓰지 않고 안으로 걸어 들어가며 다른 철창의 자물쇠도 베어버렸다.

그러다가 "우와아아아아!" 소리에 뒤를 돌아보니, 아까 열어준 철창에서 사람들이 아우성을 치며 도망쳐 나가고 있었다.

그 뒷모습을 보자 오랜 옛날의 일이 떠올랐다.

그 끔찍한 전쟁.

싸울 의도가 없어서 도망치는 범들의 뒤를 따라가며 모조리 베어 죽이던 타배.

그 기억이 떠오르자 잊고 있던 증오가 다시 꺼멓게 피어올랐다.

"크르르르르."

불티도 마찬가지인지 송곳니가 점점 길어지고 있었다.

근처를 지나가는 인간의 목덜미를 잡아채고 싶은 듯, 불티의 손등이 움찔 떨렸을 때였다.

"저기⋯⋯."

작은 목소리에 눈앞을 새까맣게 가리려던 어둠이 챙그랑 깨져나갔다.

마로와 불티가 고개를 숙이자, 자그마한 여자아이가 더 작은 남자아이의 손을 꼭 잡고 서서 그들을 올려다보고 있었다.

"감사합니다."

마로와 불티는 무시무시한 범이지만 철창에서 사람들에게 치이던 연희에게 그들은 감사한 존재였다.

그전에 마로와 불티가 어떻게 행동했든 지금 당장의 위험에서 두 아이를 도와준 것은 두 범이었기에 연희의 눈에는 그들이 영웅으로 보였다.

그 사실을 알 길 없는 마로와 불티는 영문 모르겠다는 표정으로 연희를 가만히 내려다보고만 있었다.

"연우야, 너도 인사드려."

"가, 감사합니다."

하나 분명한 것은 두 아이의 영문 모를 감사 인사가 두 범의 가슴에 꽃을 피웠다는 점이었다.

윤미가 심은 씨앗이 싹터, 두 아이로 인해 피어올랐다.

아직 작지만 분명하게 꽃잎을 펼친 그 꽃의 이름은.

용서.

표리는 입술을 꾹 다물고 자신을 환대하는 착호를 응시했다.

특히 제하.

"잘 왔어, 표리."

그런 말을 들었으면서도 제하는 아무 일도 없었다는 듯 웃었다.

그릇이 다르다고, 표리는 생각했다.

본부로 들어가자마자 표리는 친구에게 받은 카메라를 꺼냈다.

"먼저 이걸 봐."

표리의 말에 다들 말없이 카메라 안에서 재생되는 영상에 집중했다.

커다란 덩치의 사내들이 옹기종기 모여서 영상에 집중하는 모습이 조금 우습다고 표리는 생각했다.

그러다가 깨달았다.

'나…… 안심하고 있구나.'

저들을 믿을 수 없다고, 특히 제하 같은 잡종은 믿을 수 없다고 퍼부은 주제에 이곳에 오자마자 웃긴다는 감정을 느낄

만큼 저들을 믿는다.

타배와 같은 혼혈인 제하라면 이 상황을 어떻게든 해결해줄 거라는 생각이 든다.

그런 자신이 한심했다.

동영상이 끝날 무렵, 세인이 인상을 찌푸리며 외쳤다.

"으악! 이게 뭐야? 말도 안 돼. 으······."

도건과 호수도 경악했다.

"진짜 징그럽네. 와, 어떻게 이런 게 있다는 걸 몰랐지?"

"제하, 네가 상대한 게 이런 거였어?"

제하가 고개를 끄덕였다.

"이거랑 똑같지는 않아. 완전히 다른데, 분위기만 비슷해."

"미치겠네."

환이 고개를 절레절레 저었다.

하루가 표리를 돌아봤다.

"이건 어디서 났느냐?"

"내 친구가 가져왔어. 인간들이 멍청하게 그걸 찍고 잡아먹 혔다더라."

"그 친구는······?"

"죽었어."

분위기가 가라앉았다.

하루가 위로의 말을 건네려 하기에 표리가 손을 들어서 막았다.

"아니. 지금은 됐어. 일단…… 사과할게."

표리는 제하 앞에 무릎을 꿇었다.

당황해서 말리려는 제하에게 고개를 숙이며 말했다.

"잡종이라고 몰아붙여서 미안해. 그런 주제에 도움을 받으러 찾아와서 더 미안하고. 달리 생각나는 사람이 없어서……."

"아니, 아니. 됐어. 무릎까지 꿇을 일은 아니야. 왜 그랬는지 짐작이 가기도 하고……. 그러니까, 됐어."

제하가 황급히 표리의 팔을 잡아서 일으켰다.

좀 더 제대로 사과를 받아도 될 텐데 당혹감만 가득한 제하의 눈빛에 표리는 쓴웃음이 나왔다.

이런 사람이 무슨 잘못이 있다고 전해 내려온 전설만 믿고 그렇게 몰아붙였을까.

제하와 달리, 도건은 여전히 표리에게 못마땅한 시선을 던지고 있었다.

"그래서, 찾아온 이유가 뭔데?"

도건이 퉁명스럽게 물었지만, 표리는 저런 태도가 당연하다고 생각했다.

"우리 일족은 고대에도 손재주가 좋았어. 그래서 무기나 방어구, 농기구나 건축 같은 걸 담당했었지. 그 척살검도, 우리의 먼 조상이 만든 거라고 전해져."

표리가 제하의 옆구리에 찬 척살검을 가리키며 말했다.

"손재주 좋은 걸 자랑하려고……."

"형. 나, 진짜로 괜찮아."

비아냥거리는 도건의 팔뚝을 잡으며 제하가 부드럽게 말했다.

도건이 한 손을 살짝 들어서 항복 표시를 하고는 입을 다물자 표리가 말을 이었다.

"범들이 등장하면서 고대의 힘도 깨어나기 시작했고, 인간들이 고대의 힘을 되찾아 범 사냥꾼이 된 것처럼 우리 일족 중에도 고대의 힘을 되찾은 사람이 생겨나기 시작했다는 건 저번에 말했지?"

"말하다 말았지. 우리 제하가 잡종이라서."

도건의 지적에 표리는 어깨를 움찔했지만, 계속해서 말했다.

"우리 일족은 태어나면서부터 부모님에게 신시에 관한 이야기를 들어."

"신시? 이 신시에 대한 거?"

환의 질문에 표리가 고개를 저었다.

"아니, 저 멀고 먼 옛날, 이 자리에 존재했던 신시. 아주 아름답고 평화로웠던 신시에 관한 이야기."

신시가 있었다.

넓고 풍요로우며 평화로웠던 신시.

범신을 섬기는 범족과 곰신을 섬기는 곰족, 그리고 또 다른 신을 섬기는 여러 종족이 한데 어우러져 살아가고 발전시킨 신시.

"그 신시에는 전설이 하나 있어."

무릇 섞인 자와 함께 멸망이 찾아오리라.

"그래서 타종족이 정을 통해 아이를 낳는 것을 금지했지. 하지만 사이가 나쁜 게 아니니 그렇게 지내다가 남들 몰래 정을 통하는 이들이 생기고, 그들 사이에 아이가 태어나기도 하는 거야. 그러면 신시에 살던 사람들은 그렇게 태어난 아이를 경계하고 멸시하고 핍박했어. 잡종이라고 부르면서."

그런 곳에서 타배가 태어났다.

"보통 잡…… 아니, 혼혈은 어느 한쪽의 힘만 물려받곤 했대. 그것도 아주 약간만. 그러니까, 이걸 뭐라고 표현해야 하지?"

"물이랑 우유를 컵 하나에 부었는데 그거 두 개가 섞인 게 아니라 우유 한쪽만 남는다는 거 아냐? 컵 하나 분량이 남아야 하는데 반 컵만 남고."

세인의 비유에 표리가 고개를 끄덕였다.

"그래, 그런 거지. 온전히 하나가 되는 게 아니라 반편이가 되는 거야. 그러니 핍박을 받아도 대처할 수가 없지. 그런데 타배는 달랐대. 곰의 힘도, 범의 힘도 온전히 받았는데, 심지어 양쪽 다 상급 이상의 힘을 낼 수 있었대. 한마디로, 신시의 누구도 그를 이길 수 없을 정도로 강했던 거지."

착호 일행이 서로를 돌아봤다.

상급 곰 이상, 상급 범 이상의 힘을 낼 수 있었던 타배.

만약 자신들이 타배의 힘을 온전히 되찾을 수 있다면…….

희망이 싹텄다.

착호 사이에 오가는 희망을 눈치채지 못한 표리는 계속해서 말했다.

제 54 화
용서 part 2

"타배는 인정받았대. 강해서가 아니라, 그 성격이 굉장히 좋아서. 도저히 미워할 수 없는 성격이고, 무슨 일이 터졌을 때 믿을 만한 사람이었대. 그래서 인기가 좋았었나 봐. 그러다가 일이 터진 거야."

살인사건이 벌어지기 시작했다.

"그 범인이 범이었던 거지. 범족이 다른 종족을 해치고 다니기 시작했어. 하지만 범족이 너무 강했기 때문에 어떻게 할 수가 없는 상황이었고……. 그래서 타배에게 의논했더니, 타배가 범족의 우두머리인 후포와 대화를 나눠보겠다고 해."

하지만 그러지 못했다.

후포가 피해 다녔기 때문이다.

"그래서 전쟁이 벌어졌지. 자세한 건 전해지지 않아. 분명한 건 모든 종족이 힘을 합쳐서 범족을 이겼다는 거. 하지만⋯⋯ 타배는 배신했어. 전쟁이 끝나는 것과 동시에 다른 종족들을 죽이기 시작했지."

제하가 눈을 부릅떴다.

타배가 다른 종족을 죽였다고?

그럴 리 없다.

타배는 가짜 타배가 범족을 죽이는 것조차 괴로워했다.

잠시나마 타배가 되었던 제하는, 범족이 죽어가는 모습에 타배가 얼마나 괴로워했는지 알고 있었다.

제하가 반박하려 했지만, 하루가 가만히 제하의 허벅지를 누르며 고개를 저었다.

"그 당시 가장 많은 게 범족과 곰족이었어. 다른 종족들은 모두 힘을 합쳐도 곰족을 이길 수 없었지. 특히, 타배를."

타배는 말했다.

신시를 떠나면 죽이지 않겠다고.

"신시 밖은 생명이 살아가기 힘든 곳이었다고 해. 그래서 대부분의 종족이 신시 밖에서 멸종했지. 하지만 우리 두두리 족은 그 손재주를 이용해서 땅굴을 파고 신시 깊은 곳으로 들어와 살게 되었던 거야. 이게 우리에게 전해지는 전설이야. 섞인 자 때문에 정말로 신시가 멸망한 거지."

세인이 손을 들었다.

"멸망이라고 하기엔 신시가 너무 건재한데? 곰족은 인간이 됐고, 굉장히 잘살고 있잖아."

표리가 눈을 크게 떴다가 고개를 끄덕였다.

"듣고 보니, 그러네."

"거기다…… 또 의문인 게, 타배는 왜 곰족의 편을 든 거야? 범이랑 곰이 섞인 거라면 양쪽 다 발을 걸치고 있는 거잖아."

"……곰족한테 뭐라도 받아먹은 거 아니겠어?"

"그리고……."

"아, 잠깐, 잠깐. 나도 너희랑 같은 시대 사람이야. 내가 아는 건 전설이 전부라고. 지금 내가 말한 거 이상으로 자세히 알지는 못해."

표리의 말에 세인이 불만스러운 표정으로 입을 다물었다.

도건이 물었다.

"범족이랑 곰족이 가진 힘에 대해서도 잘 몰라?"

"아, 그건 알지. 자세히는 아니지만……."

"말해줘."

"일단 범족은…… 빠르다는 건 너희도 알지? 주로 바람을 이용해서 움직여. 그림자 안으로 숨을 수도 있고, 급소를 알아내는 능력도 탁월하대. 빠르게 상처를 회복시키는 것도 가능한 데다가 상급 범 중에 진짜 강한 녀석들은 최면도 쓸 수 있다더라."

범족에 대한 정보는 대부분 아는 것들이었다.

"그리고 곰족은…… 힘이 세대. 몸을 단단하게 만들 수도 있고, 괴력을 발휘하거나 자기 무게를 일시적으로 무겁게 만들 수도 있었다더라. 아, 그리고 강한 곰들은 엄청 큰 소리를 내서 상대를 얼어붙게 할 수도 있었대. 그리고…… 또, 뭐가 있더라. 아! 자기 육체를 강화시켜서 독이나 병 같은 것도 잘 안 걸리게 하고, 몸에 난 흉터가 사라지게 만들 수도 있었대."

"한마디로 말하면, 범은 공격 특화고 곰은 방어 특화라는 거네."

환의 말에 세인이 두 손을 불끈 쥐었다.

"죽인다. 독 저항이라니. 대박."

"그리 좋아할 거 없다. 우리 중에 그 힘을 조금이나마 쓸 수 있는 건 제하와 주안이밖에 없으니."

"하루 너는 꼭 이럴 때 찬물을 끼얹더라. 잠깐이라도 좀 좋아하면 안 돼?"

"너희는 바짝 긴장해서 능력을 좀 더 키우기 위해 수행할 필요가 있다."

"그놈의 수행. 누가 늙은이 아니랄까 봐."

세인이 투덜거리며 표리를 돌아봤다.

"우리가 곰의 힘을 완전히 되찾을 수 있는 방법은 몰라?"

"응. 그런 건 전해지지 않았어. 하지만 우리 일족 중에 옛날 일을 아주 잘 아는 장로님이 계셔. 그분이라면 아실지도…….
무사하신지 모르겠지만."

표리가 주먹을 꽉 쥐며 말했다.

"거래소에서 판매하는 무기 중 능력치가 좋은 무기들은 대부분 우리 두두리 일족이 만든 거야. 우리는 그걸로 돈을 벌어서 먹고살았거든. 그런데…… 최근에 무기를 만들던 동족이 죽어가고 있어. 누군가가 찾아내서 죽이는 거야. 처음에는 범인가 싶었는데……."

표리의 눈이 테이블에 놓인 카메라로 향했다.

"저것일지도 모르겠어."

주안이 물었다.

"저게 뭔지는 몰라?"

"전혀. 저런 건…… 전해지지 않아."

주안이 제하를 돌아봤다.

주안과 제하는 타배의 기억에서 그것과 같은 괴물을 보았다.

고대에도 있었던 것이 분명한데, 어째서 두두리 일족 사이에서는 괴물에 대한 전설이 전해지지 않은 걸까?

"너희에게…… 특히 제하, 너에게 그렇게 하지 말아야 할 말을 해놓고 인제 와서 이러는 건 정말…… 창피하지만, 도와줘. 저 괴물을 없애야 해."

"물론 우리는 괴물을 죽일 거야. 하지만……."

제하의 눈빛이 어둡게 가라앉았다.

"저런 괴물이 대체 몇 마리나 될까? 저 괴물이 스스로 존재하는 걸까? 대체 뭐가 저런 괴물로 변하는 거지? 저 괴물의 목적은 뭘까?"

"……."

아무도 대답할 수 없었다.

무거운 침묵이 내려앉았다.

작게 한숨을 내쉬는 제하에게 하루가 말했다.

"일단 할 수 있는 일을 하면 되는 거다. 그러다 보면 언젠가

답을 찾게 되겠지."

"그래……. 그럴 수 있으면 좋겠다."

힘없이 대답한 제하가 힘차게 고개를 저어 복잡한 생각을 털어냈다.

다시 표리를 응시하는 제하의 눈빛은 더 이상 어둡지도, 혼란스럽지도 않았다.

제하는 견고하게 빛나는 황금색 눈으로 표리를 보며 말했다.

"무기가 필요해. 우리가 쓸 것도 필요하고, 다른 범 사냥꾼이 사용할 무기도 필요해. 최대한 많이."

"맡겨둬. 동족에게 알릴게."

"무기는 거래소로 가져가지 말고 우리 쪽으로 바로 전달해 줘. 값은……."

"필요 없어. 지금은 그런 게 문제가 아니잖아."

"고마워. 최대한 밖으로 나오지 말고 뭔가 불안하다 싶으면 바로 연락 줘. 그리고…… 너희 장로님이라는 분께 곰의 힘을 완전히 되찾을 만한 방법이 있을지도 여쭤봐주고."

"알겠어."

더는 지체할 수 없다는 생각에 표리가 일어나자 제하도 같이 일어났다.

"데려다줄게."

"됐어. 애도 아니고."

"데려다줄게."

표리는 더 이상 고집부리지 않고 제하와 함께 본부를 나왔다.

표리의 집을 향해 걷는 내내 둘 사이에는 대화가 없었다.

이윽고 표리의 집 앞에 도착했을 때, 제하가 물었다.

"저기, 묻고 싶은 게 있는데."

"응."

"고대의 힘을 되찾으면서 무기를 판 돈으로 먹고산다고 했지?"

"응."

"……그전에는?"

"응?"

"그전에는 뭘 먹고 살았어?"

"아, 쓰레기통을 뒤졌지. 너희 인간들은 음식물을 낭비하더라고."

표리가 대수롭지 않게 내뱉은 대답에 제하의 표정이 일그러졌다.

미안함, 안타까움, 그런 감정들이 달처럼 빛나는 제하의 눈동자를 채웠다.

표리는 이해할 수 없었다.

자기 잘못도 아닌데 왜 모든 것이 제 잘못인 양 저런 표정을 짓는 걸까?

'나는 너한테 하지 말아야 할 소리를 해댔는데……'

왜인지 울컥, 눈물이 나올 것만 같았다.

표리는 이를 악물고 눈물을 참으며 제하의 어깨를 툭툭 두드렸다.

"별일 아니야. 어쨌든 살아남았잖아."

　　　　　　　　✧✧✧

환웅에게 이름을 받은 지귀는 거리를 걸었다.

이제는 이 육체에도 익숙해졌지만 가끔씩 육체가 제멋대로 튀는 현상을 막을 수가 없었다.

그럴 때마다 그 장면을 목격한 사람들이 이상하다는 시선을 보냈지만, 지귀를 인간이 아니라고 생각하지는 못하는 것 같았다.

'인간……'

지귀는 아버지인 환웅이 무엇을 위해 자신을 만들었는지 알고 있었다.

그가 말해주지 않아도 그의 일부를 가졌기에, 알았다.

시야 끝에 현란하게 움직이는 빛이 보여서 지귀는 걸음을 멈추고 까드득 목을 돌려 그쪽을 응시했다.

창문 안쪽에 있는 여러 대의 TV에서 각기 다른 영상이 흘러나오고 있었다.

그중에는 아버지인 환웅의 모습도 여럿 있었다.

위대한 신시의 수호자, 신시를 대표하는 사업가, 신시의 시민을 위해 노력하는 봉사자.

까드득- 까드득-

새로운 영상들을 눈에 담느라 지귀는 자신의 목이 이상하게 삐걱삐걱 움직이고 있다는 것도 깨닫지 못했다.

"엄마, 저 사람 이상해."

한 톤 높은 음성이 들려와서 지귀는 천천히 고개를 돌렸다.

끼리릭.

자그마한 여자아이가 지귀의 눈에 들어왔다.

여자아이 옆에 서 있던 아이 엄마가 당황해서 고개를 숙였다.

"죄송합니다. 얘가 왜 이래. 얼른 가자."

"하지만 저 사람 정말 이상해. 이상하게 움직여."

"얼른 가자니까. 죄송합니다."

아이 엄마가 아이의 손을 잡아끌고 돌아섰지만, 아이는 고개를 돌려 지귀를 쳐다봤다.

순간, 지귀의 눈알이 휘릭, 뒤로 넘어갔다가 180도 돌아서 제자리로 돌아왔다.

깜짝 놀란 아이가 으앙, 울음을 터뜨렸다.

'거슬려……'

지귀는 언제나처럼 거슬리는 상대를 죽여버리고 싶었다.

갈기갈기 찢은 후 입 안에 넣고 오물오물 씹고 싶었다.

하지만 참았다.

'나는 인간이야. 아버지는 내가 여기서 그러는 걸 원치 않으셔. 하지만……'

지귀는 조용히 모녀의 뒤를 밟았다.

'보는 눈이 없다면 괜찮지.'

그날 밤.

아이 엄마는 무섭다고 칭얼거리는 아이의 방에서 아이를 토닥거려주다가 침대에 머리를 대고 잠들었다.

그러다가 이상한 소리에 잠에서 깼다.

"백이······. 백이······."

음산하게 울리는 소리에 뒤를 돌아보자, 오늘 낮에 보았던 남자가 무언가를 오드득오드득 씹으며 숫자를 중얼거리고 있었다.

현실감이 전혀 없는 그 모습에, 아이 엄마는 이것이 꿈이라고 생각했다.

저 남자의 입에서 비쭉 튀어나와 있는 작은 발에 신고 있는 양말이 자신의 딸이 신었던 것과 똑같아 보이지만, 어차피 꿈이니 그런 건 아무래도 좋았다.

이윽고 발끝까지 다 삼킨 지귀가 휘릭, 모습을 바꿨다.

지귀가 있던 자리에 자그마한 여자아이가 서 있었다.

생긋 웃는 딸의 모습을 보며, 아이 엄마는 참 이상한 꿈도 다 있다고 생각했다.

그런 엄마를 보며 딸이 말했다.

"너는 백삼."

제 55 화
용서 part 3

범이 수시로 인간을 공격할 때는 바삐 움직여야 하고, 돌아왔을 때는 지쳐 쓰러졌기에 잡생각이 끼어들 겨를이 없었다.

하지만 범의 습격이 멈추며 시간이 많아지자 그동안 미뤄뒀던 여러 가지 생각이 착호 일행을 덮쳐 왔다.

도건은 자신을 기다리다가 죽은 동생들을 떠올렸다.

'내가 조금만 더 빨리 갔더라면……'

아니. 더 빨리 도착했더라도 그들을 구하지 못했을 것이다.

'나도 죽었겠지.'

도건은 쓴웃음을 흘리며 탁자 위에 올려놓은 총을 응시했다.

예전에 하루가 표리에게서 받아온 총.

그때는 표리의 태도 때문에 그가 준 총 따위는 사용하지 않겠다고 했지만, 이제는 상황이 달라졌다.

아직도 표리가 마음에 드는 건 아니지만, 정작 그런 수모를 당했던 제하가 용서했으니 자신도 그를 받아들여야 했다.

'그리고 지금은 내가 이것저것 가릴 때가 아니야. 나는 별로 도움이 안 돼.'

서포트를 해주기는 하지만, 그렇다고 해서 큰 도움이 되는 건 아니었다.

힘을 가진 제하와 하루, 주안과 호수가 주 전투원이었다.

도건은 언제나 앞장서서 남들을 이끄는 위치였었다.

위험한 일이 생기면 가장 앞에서 동생들을 보호하며 싸우는 게 도건의 일이었다.

때문에 큰 도움이 되지 못하고 뒤에서 보호를 받는 이 상황이 익숙해지질 않았다.

'제하는 안 그래도 진 짐이 많은데 나까지 짐 덩어리가 될 수는 없어.'

하지만.

'대체 어떻게 해야 그 고대의 힘인지 뭔지가 깨어나는 거지? 다들 죽기 직전까지 가서야 깨어났으니 나도 한번 죽어볼까?

괴물을 만나서 싸워야 강해지려나? 아, 그러다가 진짜로 죽으면 안 되는데. 제하한테…… 아씨, 또 제하한테 도움을 받을 생각만 하네, 이 멍충이.'

도건이 제 머리를 때리며 고민에 빠져 있을 때.

환은 침대에 우두커니 앉아서 깨끗한 벽을 응시하고 있었다.

원래 살던 집에서는 벽이 이렇게 깨끗하지 않았다.

환의 목표라든가 계획표 같은 것이 덕지덕지 붙어 있었다.

"오빠. 엄마가 만날 그런 거 쓸 시간에 공부나 하래."

동생 주희의 목소리를, 아주 오랜만에 떠올렸다.

"오빠, 나 이 과자 먹어도 돼?"

"안 돼."

"우웅……. 알게써어……."

실망한 기색을 잔뜩 드러내며 돌아서던 자그마한 뒷모습이 생생하게 그려졌다.

"농담이야. 먹어도 돼."

"오빠, 사랑해!"

과자 하나 먹으라 했다고 냅다 달려와 안기던 체온은…….

더 이상 떠오르지 않는다.

환은 두 눈을 질끈 감았다.

늘 이 시간에는 저녁 식사를 준비하는 소리가 들렸다.

그런 소리를 들으며 빈둥거리다 보면 어김없이 엄마의 목소리가 들려왔다.

"주희야. 가서 오빠한테 밥 먹으라고 해. 아빠한테도."

그러면 주희는 도도도 달려와서 환을 부르고, 또 도도도 달려가서 아빠를 불렀다.

그렇게 불려 나가는 게 귀찮을 때도 있었다.

만화를 보거나 게임을 할 때면 조금 성가셔서 "안 먹는다고 해."라고 했다가 혼나기도 했었다.

"만화가 뭐라고……. 게임이 뭐라고……."

그 소중한 시간을 놓쳤을까.

눈물이 볼을 타고 흘러내렸다.

'딱 한 번만…… 정말 딱 몇 분이라도 좋으니까…….'

그 시간으로 돌아가고 싶다.

가족이 둘러앉아서 저녁을 먹던, 그 식탁에 앉아 있고 싶다.

그러면 말할 것이다.

감사하다고, 사랑한다고, 이 시간이 정말정말 소중하다고.

몇 번이라도 말할 것이다.

"보고 싶어요, 엄마. 보고 싶어요, 아빠. 보고 싶다, 주희야."

소리 내서 말하자 그리움이 더 진해졌다.

환의 어깨가 가늘게 떨렸다.

더는 참지 못한 흐느낌이 새어 나오려고 할 때.

똑똑–

노크 소리에 환은 눈을 뜨고 손등으로 눈물을 닦아냈다.

"환아, 들어간다."

대답도 듣지 않고 들어온 이는 세인이었다.

"야, 너무 심심……. 헉!"

가까이 오던 세인이 당황한 듯 걸음을 멈췄다.

"너…… 울었어?"

"그냥 못 본 척 좀 해주지."

"아, 미안. 어…… 정말 미안. 나갈게."

"아냐, 괜찮아."

세인이 눈치를 보다가 슬금슬금 다가와 침대 끝에 엉덩이를
대고 앉으며 물었다.

"가족 생각나서 울었어?"

환은 잠시 세인을 가만히 응시하다가 웃었다.

"왜, 왜 웃어?"

"아니. 너의 그 돌려 말하지 않는 부분이 참 좋구나 싶어서."

"아, 모르는 척해주길 바랐어?"

"아냐. 정말로. 돌려 말하지 않아서 좋아."

내 동생도 그랬거든. 언제나 그렇게 직선적으로 얘기했지.

환은 두 손으로 세수하듯 얼굴을 문지르고 말했다.

"나는 그냥 좀 걱정이야."

"뭐가?"

"범이 인간을 공격하지 않게 됐잖아. 아마 그 괴물 때문이겠지. 그놈들도 괴물이 위험하다는 걸 알게 된 걸 거야."

"……그렇겠지?"

"제하랑 주안이랑 하루가 같이 싸웠는데도 괴물 하나를 제대로 잡기 어려웠대. 후포? 그 범들의 대장이라는 놈도 괴물을 못 이겼고. 이게 무슨 뜻인지 알겠어?"

세인의 표정이 어두워졌다.

"우리는 진짜 아무 도움도 안 된다는 거겠지. 전보다 더."

"응. 너나 나나 도건이는 그런 힘이 없잖아. 그나마 지금 믿을 만한 건 표리야. 표리가 그쪽 장로한테서 뭔가 알아 온다면 우리도 제하처럼 강해질 수 있겠지."

"응."

"하지만 그 장로도 모른다면……."

"우리는 언젠가 범이랑 힘을 합쳐야겠지."

환이 두 손에 얼굴을 묻었다.

"내가 그걸 받아들일 수 있을지 모르겠어."

"환아……."

"알아. 세상에 나쁜 범만 있는 게 아닌 것도 알고, 범들도 사정이 있다는 것도 알고, 인간 중에도 죽일 놈 많다는 것도 알아. 아는데…… 아는데, 나는…… 내 동생은……."

멈췄던 눈물이 다시 흘렀다.

"내 동생은 정말로 아무 죄도 없잖아."

"응, 그렇지."

"정말…… 아무것도 모르는…… 정말 그냥 그런 어린애였다고……."

환은 잠시 흐ㄴ끼다가 간신히 울음을 삼켰다.

"세인아. 내가…… 범을 받아들일 수 있을까?"

세인은 이런 상황에 놓인 적이 별로 없었다.

범이 나타나기 전, 세인은 가족 사이에서 겉돌 듯 다른 사람들 사이에서도 겉돌았다.

이렇게 긴밀한 관계를 유지해본 것이 처음이었다.

환은 언제나 '다 괜찮아.'라는 표정을 짓고 있어서 가족을 잃은 슬픔을 극복한 줄 알았는데 아니었나 보다.

그 감정 또한 세인은 이해할 수가 없었다.

가족이라는 게 저렇게나 절절할 정도로 좋은 존재인 걸까?

저렇게나 애절하게 그리울 수 있는 존재인 걸까?

하지만 세인은 단 하나만큼은 알았다.

이런 순간에 입에 발린 위로 따위는 안 하느니만 못하다는 거.

그래서 세인은 환의 허벅지를 꽉 움켜쥐었다.

환이 고개를 돌려 세인을 쳐다봤다.

세인은 환의 갈색 눈동자를 똑바로 응시하며 말했다.

"환아. 복수는 복수를 낳을 뿐이래."

"……."

"그런데 난 그거 다 개소리라고 생각해."

"……!"

"범을 받아들일 수 없으면 받아들이지 마. 미우면 계속 미워해. 남들이 뭐라고 해도 걱정하지 마. 내가 너랑 같이 미워해줄 테니까."

하루는 환의 방에서 들려오는 소리를 들으며 복도로 나갔다.

'다들 혼란에 빠져 있구나.'

그럴 수밖에 없다.

그들에게는 원래 '범'이라는 증오의 대상이 있었다.

눈에 보이는 적이 있을 때, 그들은 다른 고민 없이 범을 사냥하는 데 열중했다.

범을 잡는 순간만큼은 슬픈 과거라든가, 자신의 출생, 가족 같은 것들을 떠올리지 않을 수 있었다.

하지만 그렇게나 증오하던 대상이 사실은 진짜 적이 아니라는 걸 알게 되었다.

어쩌면 같은 적을 가졌을지도 모른다는 걸 알게 되었다.

그런데 그 같은 적이 누구인지, 무엇인지, 뭘 하려는 건지, 아무것도 알지 못한다.

게다가 지금의 힘으로는 어쩌지 못할 만큼 너무 강하다.

혼란스러운 게 당연하다.

'적어도 우리가 상대하는 게 무엇인지는 알 수 있으면 좋을

텐데⋯⋯. 왜 기억이 이렇게까지 안 돌아오는 거지?'

이건 오랜 시간이 지나서 기억이 희미해진 게 아니라, 무언가가 머릿속에서 기억을 빼간 것만 같다.

옥상에 도착한 하루는 난간 위에 서서 먼 곳을 응시하는 제하를 발견했다.

"제하야."

여러 문제에 대해 의논할 생각으로 다가가서 제하 옆에 섰다.

"요새⋯⋯."

"하루야."

제하가 시선을 멀리 둔 채 하루의 말을 끊었다.

"내가 할 수 있을까?"

"무엇을?"

"내가⋯⋯ 범이랑 협력할 수 있을까?"

하루는 천천히 고개를 돌려서 제하의 옆모습을 응시했다.

조각 같은 그의 얼굴에는 다른 일행과 함께 있을 때는 드러내지 않는 수심이 가득했다.

"참 이상해. 타배의 기억을 엿볼 때마다 우습게도 부모님과 함께했던 시절의 기억도 돌아와. 나, 그거 새까맣게 잊고 있었거든. 그런데 마치 잊은 적 없다는 듯이 내 부모님에 대한 기억이 어느새 내 안에 자리 잡고 있어."

제하의 음성이 밤공기를 쓸쓸하게 적셨다.

"이제야 비로소 아빠 얼굴이 어땠는지 떠올라. 이제야 비로소 엄마가 어떤 방식으로 날 안아줬는지 떠올라. 이제야 비로소 내가 그분들을 얼마나 사랑했는지, 그 시간을 얼마나 좋아했는지 떠올라."

제하는 눈물을 흘리지 않았지만 하루의 눈에는 그가 온몸으로 우는 것처럼 보였다.

"이제야 비로소…… 떠올라. 내 부모님이 얼마나 절박하게 날 지키려고 했는지."

제하는 잠시 눈을 감았다가 떴다.

"이 세상에 괴물이 있어. 지금 내가 이러는 순간에도 그 괴물들은 사람을 죽이고 있겠지. 나도 알아. 이것저것 가릴 때가 아니라는 거. 그래서 정말로 노력하고 있거든. 이런 생각 버리려고 정말로 노력하는데…… 그런데, 하루야."

제하가 천천히 하루를 돌아봤다.

"그런데 정말로 하루야."

제하는 하루보다 훨씬 큰데 어째서인지 그 순간 하루의 눈에 제하는 자그마한 어린 소년처럼 보였다.

볕 좋은 날 인왕산 범바위 앞에서 부모님의 손을 잡고 재잘
재잘 떠들던 어린 소년처럼 보였다.

"난 모르겠어. 내가…… 후포를 용서할 수 있을까?"

제 56화

참을 수 없는 것 part 1

제하는 지금도 울지 않는다.

하지만 하루의 눈에는 제하가 주저앉아 펑펑 우는 것처럼 보였다.

오래전 손님 오는 날 결계 밖으로 나온 후포에게 아버지와 어머니를 잃고 도망친 어린 소년이 제 부모의 시신을 앞에 두고 절규하는 것처럼 보였다.

"알아. 뭔지 알 수도 없는 위험한 상대를 두고서 이런 사사로운 감정 때문에 고민하는 내가 한심……."

"제하야."

하루는 변명하듯 말하는 제하를 끌어안았다.

그 어린 소년이 제 슬픔 꾹꾹 눌러 참는 걸 더는 보고 싶지 않았다.

따지고 보면 제하가 신시를 위해 희생할 필요는 없었다.

제하는 어릴 때부터 지금까지 그저 부모를 잃은 안타까운 아이일 뿐이었다.

"한심하지 않다. 너는 한심하지 않아, 제하야. 그게 왜 한심한 일이냐. 신시를 구하고 싶다는 마음도, 남을 구하겠다는 결심도, 결국 다 사사로운 감정에서 시작된 것을."

하루는 제하의 등을 토닥거렸다.

오래전 인왕산 범바위 앞에서 행복하게 웃을 줄도 알았던 소년의 등을 애정을 담아 두드리며 말했다.

"미워하고 싶으면 미워해도 된다. 미운 것이 당연하지. 미워하거라. 나도 함께 미워해주마. 굳이 범의 힘을 빌릴 필요가 있겠느냐. 인간들의 힘부터 모으자. 그러면 된다. 그래, 그러면 되지."

하루의 음성이 바람결을 타고 내려가 바로 아래에 있는 호수의 창문을 통해 들어갔다.

아까부터 열린 창문으로 들어오는 소리를 듣던 호수는 한숨을 삼켰다.

평범한 사람이라면 못 들을 정도로 작은 목소리였지만, 범

의 힘을 갖게 된 호수의 귀에는 그들의 대화가 바로 옆에서 말
하는 것처럼 들려왔다.

'제하야······.'

호수는 제하가 그런 생각을 하고 있을 줄은 꿈에도 몰랐다.

'그래······. 제하도 피해자였지.'

제하의 아버지가 범이라는 건 중요하지 않다.

제하에게 아버지는 그저 아버지일 테니까.

그 아버지를, 후포가 죽였다.

범의 대장이 제하의 원수인 것이다.

그런데도 제하는 범과 힘을 합치려 했다.

신시를 지키기 위해 사적인 복수심을 드러내지 않으려고 노
력했다.

'난 그런 애한테 무슨 소리를 지껄인 거지?'

✦✦✦

이살 타워는 신시에서 가장 높은 건물이고, 또한 가장 깊은
건물이기도 했다.

주차장은 지하 15층까지지만, 그보다 더 깊은 지하층이 있

다는 사실을 아는 사람은 없었다.

이살 타워 가장 깊은 지하층은 육중한 철문으로 막혀 있었다.

환웅은 가장 높은 층에서 가장 깊은 층까지 이어지는, 환웅만이 탈 수 있는 엘리베이터를 타고 내려왔다.

엘리베이터에서 내리자마자 맞은편에 보이는 철문에 다가가서 손바닥을 대자 철문이 소리 없이 열렸다.

철문 안에는 관 같은 것들이 여기저기로 규칙 없이 뻗어 있었다.

그 관들은 이살 타워 중심에 감싸여 있는 신단수에서 내린 뿌리로, 그 뿌리는 대부분 신시 전 지역에 뻗어 나가 있었다.

착호가 A 백화점 지하에서 목격한 관도 바로 신단수의 뿌리였다.

뿌리 중 일부는 밖으로 뻗어 나가지 않고 이살 타워 지하에 아무렇게나 뻗어 있었는데, 그 끝에는 벌레의 알처럼 둥글고 반투명한 것들이 잔뜩 맺혀 있었다.

반투명한 껍데기 안에는 기괴하게 생긴 생물들이 자라고 있었는데 그중에는 거의 완성되어서 발끝을 꿈틀꿈틀 움직이는 것들도 있었다.

"내 아이들."

환웅은 넓은 부화실에 가득한 알들을 보며 빙그레 미소 지었다.

"내 사랑스러운 아이들."

환웅이 행하는 모든 것이 바로 이 아이들을 자라게 하기 위해서였다.

환웅의 살을 내어서 만든 알.

생명이 없는 알이 성장하기 위해서는 생명력이 넘치는 것을 제물로 바쳐야만 했다.

그 생명력 넘치는 것이 막 흘린 혈액이라는 걸 환웅은 아주 오래전에 알게 되었다.

그리하여 환웅은 자신의 아이들에게 생명을 주기 위해 이 신시를 만들고 신단수를 세웠다.

신시는 바로 환웅의 아이들을 위한 거대한 식량 창고였다.

사실은 결계가 깨져서 범들이 등장하기 전부터 환웅은 은밀하게 인간을 죽여서 피를 뿌려 신단수에 양분을 제공하고 있었다.

하지만 아직 정체를 드러낼 수가 없기에 실종이나 살인으로 위장할 수 있을 만큼만 죽일 수밖에 없었다.

환웅은 인간들이 위기의 순간에 어떤 힘을 낼 수 있는지 아주 잘 알았기에, 완성되지 않은 상태에서 인간들을 자극하는 짓은 하지 않았다.

게다가 알을 만들어내느라 힘을 많이 소진한 상태이기도 했다.

"멍청한 범들 덕에 여기까지 올 수 있었지요."

그러던 때에 범의 등장은 환웅에게 아주 큰 도움이 되었다.

범이 신시에 내려왔다는 걸 알게 된 순간, 모든 계획이 세워졌다.

범을 이용하자. 그때처럼.

범들은 아주 잘해주었다.

범들이 죽인 인간이 흘린 피는 땅에 스며들어 그 속에 뻗어 있는 신단수 뿌리의 양분이 되었다.

몇 달에 한 번씩만 부화하던 환웅의 아이들은 한 달에 몇 명씩 생명을 얻어서 알껍데기를 깨고 나왔다.

그 아이들이 어둠을 타고 돌아다니며 인간들을 마구잡이로 죽여도 인간들은 그걸 전부 범의 탓으로 돌렸다.

"그런데……."

환웅의 얼굴에서 미소가 사라졌다.

"왜일까요?"

며칠 전에 내려왔을 때와 알의 수가 비슷하다.

환웅은 무표정하게 부화실 천장에서부터 불규칙하게 휘어져 내려온 뿌리 사이를 천천히 거닐었다.

완성되기 직전의 알 앞에서 멈춘 환웅은 그 알을 손으로 쓰다듬다가 돌연 모습을 바꾸었다.

검은 머리칼이 금발로, 갸름한 턱선이 넓고 단단하게, 호리호리한 육체가 약간 살집이 있는 남성의 것으로 변하는 건 순식간이었다.

이 모습은 환웅에게 이름을 받은 비익이 얼마 전에 먹어치운 범 사냥꾼이다.

포식한 대상으로 변신하는 능력은 환웅의 것으로, 아이들에게 자신의 힘을 주었기에 그들과 연결되어 있는 환웅은 그들이 섭취한 대상으로 변신할 수 있었다.

이름 받은 아이들에 한하여.

아직 괴물의 모습인 아이들과는 연결이 강하지 않아서, 명령을 따르게 하는 게 고작이었다.

환웅은 범 사냥꾼으로 변신한 채로 이살 타워를 벗어나 불티와 마로에게 빌려준 건물로 향했다.

약속대로라면 지금쯤 이 건물은 인간들의 비명과 그들이 흘린 피비린내로 가득해야 했다.

그것이 환웅과 마로의 계약이었다.

인간을 마음껏 괴롭힐 장소를 줄 테니, 그곳에서 그들이 흘리는 피가 끊이지 않게 해라.

고통과 절망, 증오 같은 감정에 휩싸인 인간이 흘리는 피는 아주 양질의 양분이 되었다.

그 피에 담긴 어둠이 짙을수록 그 피를 받아들인 아이들은 더욱 강해졌다.

'그런데⋯⋯.'

환웅의 눈동자가 싸늘하게 식었다.

"왜 텅 빈 걸까요?"

지하 감옥이 텅 비어 있었다.

"또 범 사냥꾼들이 와서 구해준 걸까요?"

환웅은 바닥에 떨어진 자물쇠를 집어 들었다.

날카롭게 그은 자국.

범 발톱이다.

"흐응⋯⋯."

환웅은 다른 자물쇠도 일일이 주워서 확인했다.

범 발톱, 범 발톱, 범 발톱.

그 모든 자물쇠를 잘라버린 게 범 발톱이라는 걸 확인할 때
마다 환웅의 눈동자가 붉게 물들었다.

환웅은 마지막 자물쇠를 집어 올려 물끄러미 내려다봤다.

불현듯 기분 나쁜 기억이 떠올랐다.

*"이건 또 뭐야? 이거, 살아 있는 거야? 오, 살아 있네. 야, 이
리 와봐. 이거 살아 있어."*

"푸핫. 이게 뭐야? 짐승은 아닌 것 같은데⋯⋯."

"야, 야. 도망친다."

*"제까짓 게 도망쳐봤자지. 응? 이것도 통증을 느끼나? 때려보
자."*

"오, 아파하는 것 같은데?"

*"아냐, 그냥 부르르 떠는 거겠지. 이런 게 무슨 통증 같은 걸
느끼겠어?"*

작고 힘이 없기에 무시당했던 시절의 기억.

경멸과 조롱으로 가득한 눈동자들과 무자비한 괴롭힘, 비
웃음.

아무 잘못도 하지 않았는데, 그저 존재했을 뿐인데, 그저 작게 태어났을 뿐인데!

환웅이 아득 이를 갈았다.

최근 몇백 년간 잊고 있던 까마득한 옛날의 기억이 환웅의 안에서 늪처럼 번졌다.

"너희들은 나를 또 무시하는군."

지금까지의 부드러운 음성과 다른, 더 낮고 갈기갈기 찢긴 것 같은 음성이 흘러나왔다.

"이 몸과 약속을 했으면 지켜야지. 이딴 식으로 날 무시해?"

환웅의 머리카락이 흩날리고 그의 몸에서 스멀스멀 냉기가 흘러나왔다.

시퍼런 냉기가 지하 감옥 전체에 퍼져나갔다.

벽에 서리가 끼고 쩌적쩌적 갈라지기 시작했다.

환웅은 느릿하게 눈을 감고 천천히 심호흡하며 감정을 억누르기 위해 노력했다.

'아직은 때가 아니지.'

다른 건 다 참을 수 있어도, 무시당한 분노는 참기 어려웠다.

그러나 참아야 한다.

아직 열매를 맺은 아이들이 많지 않다.

제 57 화
참을 수 없는 것 part 2

쿠웅-!

마로가 그대로 땅에 처박혔다.

"크윽……."

마로는 작게 신음하며 제 등을 무릎으로 찍어누른 인물을 확인하려 했다.

돌아보지 않아도 냄새만으로 누군지 알 수 있었다.

"허서……."

"마로, 이 새끼."

허서가 마로의 머리칼을 움켜쥐고 휙 잡아당겼다.

"아주 잘도 숨어다니더군."

마로는 빠져나오기 위해 힘을 썼지만, 허서가 무게를 실어서 등을 찍어누른 상태라서 쉽지 않았다.

마로의 손톱이 길어지는 걸 본 허서가 기막힌 듯 코웃음을 쳤다.

"동족을 죽이고 다니더니, 나까지 죽이려고?"

길어지던 손톱이 멈칫했다.

그걸 본 허서의 얼굴이 일그러졌다.

"이 새끼, 진짜였군! 멍청한 놈! 대체 무슨 짓을 하고 다닌 거야!"

분노한 허서의 손에서 잠깐 힘이 풀린 틈을 타, 마로는 머리를 빼내고 두 손으로 땅을 강하게 밀어냈다.

파앗-!

몸을 퉁겨 올리듯 일어나며 한쪽 팔로 허서를 후려쳤다. 대비하지 못한 상황에서 허리를 강타당한 허서가 옆으로 밀려났다.

그 순간을 틈타 마로가 도망치려고 돌아서는데, 뒤에 서 있던 옥엽이 마로의 가슴팍을 발로 찼다.

"쿨럭······."

발에 걸어차인 마로가 뒤로 밀려나며 비틀거렸다.

"정말이야? 마로, 너 정말로 동족을 죽인 거야?"

옥엽이 믿을 수 없다는 듯 물었다.

"진짜냐고, 이 새끼야!"

마로가 대답하지 않자 옥엽이 달려들어 그의 목을 움켜쥐었다.

마로는 싸우려면 얼마든지 싸울 수 있었다.

하지만 분노와 슬픔에 젖은 옥엽의 눈빛이 마로를 족쇄처럼 옭아매서 움직일 수가 없었다.

동족을 죽였다.

내 손으로 동족을 죽였다.

이런 취급을 받는다고 해도 항변할 수 없는 죄를 범했다.

"그래."

마로가 쉰 목소리로 답했다.

"내가 동족을 죽였다."

"이 미친 새끼!"

옥엽이 송곳니를 드러냈다.

그녀의 왼손 손톱이 순식간에 길어졌다.

덥썩-

허서가 옥엽의 손목을 잡았다.

옥엽이 충혈된 눈으로 허서를 돌아봤다.

허서가 살짝 고개를 젓자, 옥엽은 마음에 안 든다는 듯 콧등을 찡그렸다가 손톱을 집어넣었다.

허서가 말했다.

"주군이 찾으신다."

"그래."

"불티는 어디 있지?"

"몰라."

"그래? 처맞으면 알게 되나?"

"처때려봐. 그 녀석이 요새 뭘 하고 다니는지 나야말로 알고 싶으니까."

불티는 어두운 골목에 서서 바닥을 내려다보고 있었다.

몇 달 전, 불티는 이곳에서 나래를 죽였다.

"이러지 마, 불티. 이러면 안 돼."

불티의 손톱을 막으며, 나래는 슬픈 목소리로 말했다.

"이런 짓을 하는 건, 아무 도움이 안 돼. 이러지 마."

나래는 강한 범이었다.

하지만 주안을 알게 된 후로 인간을 먹지 않았기에 불티를 이길 수 없었다.

설령 나래가 강했더라도 나래는 진짜로 불티를 죽이지 못했을 것이다.

그걸 알면서도 불티는 무자비하게 그녀를 죽였다.

"불티, 나 이번에 꼬맹이랑 영화라는 걸 봤어. 와, 진짜 대단하더라. 커다란 네모 속에 다른 세상이 펼쳐져 있는 거 있지?"

"불티, 신시는 환웅이라는 사람이 있어서 돌아가는 거래. 너도 들어봤어? 저번에 꼬맹이랑 갔던 영화관도 환웅 거라더라. 어떻게 한 사람이 그런 걸 다 갖고 있지?"

"불티, 버스 타봤어? 인간들은 신기해. 옛 힘은 다 잊었는데 그걸 보완할 만한 뭔가를 만들어냈잖아."

죽이는 순간에는 나래가 얼마나 예쁘게 웃는지, 얼마나 즐거운 듯 이야기하는지, 그리고 또 오랜 옛날의 그 전쟁에서 얼마나 처절하게 불티와 함께 싸웠었는지 하나도 떠올리지 못했다.

이 산 바닥에 쓰러졌던 나래의 모습을 띠올리지 눈기기 뜨거워졌다.

"하지만 사과하기에는……."

중얼거리던 불티가 갑자기 긴장하며 손톱을 끄집어내고 골

목 저편의 어둠을 노려봤다.

어둠 속에 무언가 있나.

아주 불길한 무언가가.

그것이 무엇인지 확인하지도 못했건만 불티의 털이 곤두섰다.

심장이 두쿵두쿵, 불안하게 뛰었다.

불티는 순식간에 검은 안개를 끄집어내 주위를 어둠에 물들였다.

안개 속에서 상대는 이쪽을 볼 수 없으나 불티는 상대를 볼 수 있었다.

호리호리한 몸매의 여자가 뭔가를 중얼거리며 다가오고 있었다.

"백십일······. 백십일······. 백십일······."

단발머리에 눈꼬리가 내려간 20대 초반의 여자였다.

'인간······?'

불티는 당황했다.

아무리 봐도 평범한 인간이다.

좋게 봐줘도 고작해야 범 사냥꾼일 뿐이리라.

그런데 왜 이렇게 섬뜩한 기분이 드는 걸까?

어째서 그 괴물을 보았을 때처럼 공포라는 감정이 찾아오는 걸까?

아니, 그 괴물과는 다르다.

훨씬 더 농도 짙고, 훨씬 더 악취 나는 악의가 그녀로부터 번져 나오고 있었다.

근육에 바짝 힘이 들어가고 목이 뻣뻣해졌다.

'인간이…… 아니군.'

파악을 끝낸 불티는 땅을 박차 올라 여자에게 달려들었다.

날카로운 손톱 끝이 여자의 심장을 노리며 빠른 속도로 파고들었다.

상대가 범이라도 피하기 어려울 정도의 속도.

하지만 여자는 슬쩍 옆으로 몸을 피하더니 주먹으로 불티의 머리를 내리쳤다.

빠악-!

두개골에 금이 갈 정도로 강한 타격.

불티는 세상이 흔들리는 것 같은 느낌을 받았지만 빠르게 자세를 수습하고 뒤로 물러선 후, 마구잡이로 손톱을 휘둘렀다.

겉으로 보기에는 아무 목적도 없이 휘두르는 것처럼 보이지만 하나하나가 급소를 노린 공격이었다.

돌풍이 부는 것처럼 보일 만큼 빠른 속도인데 그중 여지의 몸에 맞는 건 얼마 되지 않았고 그조차도 얕게 들어갔다.

하지만 운 좋게도 오른손 손톱 하나가.

푸욱-!

여자의 가슴을 깊이 찔렀다.

'됐다!'

불티는 쾌재를 외쳤다.

심장이 찔렸는데도 아무렇지 않을 생명체는 없다.

저것이 인간이 아니라서 죽지는 않는다 해도 큰 타격을 입었을 것이다.

왼손으로 치명타를 입히려던 불티는 여자의 얼굴을 보고 무언가 잘못되었다는 걸 느꼈다.

여자는 웃고 있었다.

입술을 귀 아래까지 찢고 아주 즐겁다는 듯이 웃으며 불티를 보고 있었다.

오싹-

불티는 섬뜩함을 느끼며 손톱을 빼내려 했지만 여자가 불티의 손목을 덥석 움켜쥐었다.

뿌리칠 수가 없었다.

만약 불티가 그동안 꾸준히 인간을 먹어왔다면 조금 애를 먹기는 했어도 뿌리칠 수 있었을 것이다.

하지만 한 달 넘게 인간을 먹지 못한 불티는 평소보다 체력이 약해진 상태였다.

여자의 손톱이 불티의 피부를 찌르고 들어왔다.

"나는 이름이 있지. 지귀."

"이름 없는 놈도 있나?"

불티는 지귀의 급소를 알아내기 위해 눈에 힘을 주며 대꾸했다.

"이름이 있다는 게 무슨 뜻인지 아니?"

불티는 지귀의 말을 건성으로 들었다.

'급소, 급소가 어디지? 왜…… 왜 안 보여?'

생물의 급소는 보통 뇌가 있는 머리 아니면 심장이다.

그런데 지귀의 급소는 머리에도, 가슴에도 없었다.

'대체 이디……?'

우둑-!

지귀가 불티의 손목뼈를 부숴버렸다.

"으아아아아아악!"

격렬한 통증에 불티의 눈에서 힘이 빠졌다.

지귀가 우후후, 웃었다.

"이름이 있다는 건."

불티는 포기하지 않았다.

'닥치고 찌르다 보면 어딘가에는 있겠지.'

부서지지 않은 왼손 손톱을 지귀의 옆구리에 박아넣고 발로 지귀의 배를 걷어찼다.

지귀가 비틀거리는 순간에 잡힌 손목을 빼내려 했는데, 지귀는 꿈쩍도 하지 않았다.

고통을 거의 느끼지 못하는 듯했다.

"무척이나."

지귀는 단조로운 어조로 말하며 제 옆구리를 파고든 불티의 왼쪽 손목도 잡았다.

"강하다는."

우두두둑-!

"크윽……."

신음하는 불티와 눈을 맞추며 지귀가 말했다.

"뜻이란다."

"미친."

불티는 아무리 봐도 살아 있는 것 같지 않은 지귀의 눈빛에 섬뜩함을 느꼈다.

'이길 수 없어.'

혼자서는 안 된다.

불티는 이제 도망쳐야 할 때라는 걸 알았다. 살아남는 게 우선이니까.

판단을 내린 불티는 부서진 손목에 느껴지는 고통을 무시하고, 팔에 힘을 줬다.

어떻게 해서든 지귀에게 잡힌 손목을 빼내려 했지만 단단히 움켜쥔 지귀의 손에서는 힘이 빠지지 않았다.

퍼억-! 퍽-!

불티는 발로 지귀의 배를 걷어차고 정강이를 후려쳤지만 지귀는 꿈쩍도 하지 않았다.

오히려 어린애가 앙탈 부리는 것을 보듯, 신기하다고 즐겁다는 눈으로 불티가 하는 짓을 지켜볼 뿐이었다.

한쪽 팔이라도 자유로우면 붙잡힌 쪽 팔을 끊어내고 도망칠 텐데 양쪽 다 잡혀 있으니 그럴 수가 없었다.

어떻게 해도 이길 수가 없다. 도망칠 수도 없다.

생전 처음 보는 괴물을 앞에 두었을 때도 느끼지 못했던 절망이 불티를 잠식했다.

어떻게든 살아남기 위한 몸부림이 서서히 잦아들지, 지귀가 머리를 옆으로 기울였다.

"벌써 끝이니?"

"넌 대체…… 뭐냐?"

"말했잖아. 지귀."

"이름 말고, 정체가 뭐냐고!"

"나는 아버지의 자식이지."

"이 세상에 아버지의 자식이 아닌 것도 있나? 대체……!"

"너, 시끄러워."

지귀가 불티를 잡고 있던 오른손을 풀었다.

불티는 그 순간을 놓치지 않고 도망치려 했지만.

빠악-!

지귀의 주먹이 불티의 안면을 강타했다.

얼굴 뼈가 부서질 정도의 위력에 불티의 눈이 뒤로 돌아갔다.

축 늘어진 불티를 보며, 지귀가 입맛을 다셨다.

"먹고 싶은데. 먹으면 안 되지. 아버지가 산 채로 잡아 오랬거든."

지귀는 쓰러진 불티의 손목을 잡은 채, 그대로 질질 끌고 가며 중얼거렸다.

"백십일…… 백십일……."

◆◆◆

동철은 커피를 타려다가 커피가 하나도 없다는 걸 깨달았다.

경태가 죽은 후, 동철은 한동안 자신도 이해할 수 없는 우울함에 빠져서 지냈다.

그러다가 정신을 차렸더니 아주 많은 것이 바뀌어 있었다.

범들의 습격이 눈에 띄게 줄어서 범 사냥꾼을 찾는 사람들이 사라졌다.

그러자 자연스럽게 범 사냥꾼에 대한 대우도 달라졌다.

전에는 아무 가게나 들어가도 다들 굽실거리며 공짜로 밥이나 차를 내왔는데 이제는 평범한 손님처럼 대가를 지불해야 한다.

아무 마트에나 들어가서 원하는 걸 골라 그냥 나오면 됐었는데 이제는 일일이 계산대에 줄을 서서 계산해야 한다.

그렇게 되자 자연스럽게 범 사냥꾼의 수가 줄어들었다.

오백 명에 달하던 호랑나비의 사냥꾼은, 이제 오십 명도 남지 않았다.

"일 년인가?"

범이 인왕산에서 내려온 게 작년 1월.

그리고 해가 바뀌어 1월이 되었다.

"일 년 천하였군."

동철은 쓰게 웃었다.

고작 일 년.

세상을 발아래 둘 힘을 갖게 된 줄 알았는데, 고작 일 년으로 끝났다.

일 년이면 끝날 것에 뭘 그리 집착했는지.

이럴 줄 알았으면 조용히 사냥이나 해서 돈이나 모아둘걸.

그동안 동철이 벌어들인 돈은 전부 무기를 사들이는 데에 썼다.

범 사냥꾼들이 하나둘씩 사냥을 관두고 일상으로 돌아가는 이때, 그 무기들을 내다 팔 곳도 없었다.

사냥꾼의 힘마저 사라진 건 아니니 이 힘으로 옛날처럼 범죄를 저지르며 살 수도 있겠지만 왜인지 내키지 않았다.

이걸로 끝이 아니란 생각을 지울 수 없었다.

제 58 화

회동

어느 날 갑자기 범이 나타나서 인간을 습격하기 시작했다.

그러더니 또 어느 날 갑자기 범이 습격을 멈췄다.

"형님······ 이상한 일이······ 벌어지고 있어요······."

그리고 경태가 온 힘을 쥐어짜서 남긴 마지막 말.

"불길해요······. 그러니까······ 형님······ 제발······ 제발 그저······ 살아남을 생각만······ 하세요······."

그때는 경태가 죽는다는 생각에 흘려들었지만 인제 와서아 경태가 한 말이 무겁게 다가왔다.

"요새 범들 움직임이 좀 이상해요. 게다가 갑자기 실종되는 범 사냥꾼들도 늘어나고 있고요. 우리 호랑나비 중에도 갑자기 연락이 끊긴 녀석이 몇 명 있거든요."

성진의 말을 듣고 칙호를 공격하라고 하기 위해 경태를 불렀을 때도 경태는 이상한 말을 했었다.

며칠 전에야 동철은 그때의 말이 떠올라서 남아 있는 부하들에게 좀 알아보라고 시켰다.

말도 없이 그만둔 줄 알았던 호랑나비 팀원 중 상당수가 연락이 닿지 않는다고 부하들은 말했다.

"경태, 그 멍청한 녀석도 눈치챈 걸 나만 눈치 못 챘군."

이 신시에 이상한 일이 벌어지고 있다.

그런데 그 일이 무엇인지 짐작조차 할 수 없었다.

"대장."

동철은 천천히 뒤를 돌아봤다.

부하가 동철에게 꾸벅 허리를 굽히며 말했다.

"노크를 했는데 대답이 없으셔서 혹시 무슨 일이 생겼나 싶어 들어왔습니다. 죄송합니다."

이런 상황에서도 호랑나비를 떠나지 않고 머물러주는 부하들이 있었다.

예전이었다면 당연하다고 여겼을 일들이 이제는 당연한 게 아니라는 걸 알게 되었다.

동철의 불호령이 떨어질까 봐 어깨에 힘이 들어간 부하의 모습에 쓴웃음이 나왔다.

"그래, 무슨 일이냐?"

"아, 그것이…… 착호 녀석들이 묘한 걸 하는 것 같습니다."

착호.

그 이름도 오랜만에 듣는다.

동철은 그날, 그러니까 동철의 세계에서 무언가가 무너져내린 그날, 죽어가는 경태를 짊어지고 찾아왔던 환을 떠올렸다.

동철이 부하들을 시켜 그들을 죽이라 했음에도 그들은 일부러 경태를 이곳까지 데려다주었다.

경태의 죽음을 모르는 척하지 않았다.

"뭘 하고 있지?"

"제가 편의점에 가는 길이었는데, 갑자기 붙잡더니 범 사냥꾼이냐고 물어보면서 이런 걸……."

부하가 들고 있던 전단지를 내밀었다.

전단지에는 [범 사냥꾼들에게 알립니다]라는 말로 시작되는 짤막한 내용의 공지가 쓰여 있었다.

범 사냥꾼들에게 알립니다.

작금의 사태에 대한 정보와 의견을 나누려고 합니다.

시간을 내어서 참석해주시기 바랍니다.

일시 : 1월 16일 오후 2시

장소 : 3구 구립 체육관 실내농구장

착호

작금의 사태라는 게 무엇을 말하는 건지, 어떤 의견을 나누고 싶은 건지 공지만 봐서는 짐작도 할 수 없었다.

동철은 착호가 왜 이런 방식으로 공지를 썼는지 알 것도 같았다.

'정보가 알려지지 않았으면 하는 누군가가 있는 건가?'

그날 모인 범 사냥꾼들을 확인해보고 중요한 정보를 말해도 좋을지 판단을 내린 후 얘기하려는 것이리라.

'착호는 이 사태에 대해 아는 게 있는 건가?'

따지고 보면 '이 사태'라고 할 만한 일은 없었다.

평범한 사람들은 그저 범의 습격이 줄어서 일상으로 돌아갈 수 있다며 좋아하고 있을 것이다.

하지만 동철처럼 알려지지 않은 실종자가 늘어나고 있다는 걸 수상히 여기는 사람도 있으리라.

"대장, 어떡하실 겁니까?"

"글쎄."

동철은 전단지를 책상 위에 내려놨다.

"생각을 좀 해봐야겠군."

제하는 하루의 말대로 인간들의 힘부터 모아보기로 했다.

딱히 범을 용서할 수 없어서는 아니었다.

언젠가는 후포를 향한 감정을 내리누르고 범과 협력해야만 하는 순간이 올지도 모른다는 각오는 하고 있다.

다만 인간끼리도 협력하지 못하는 상황에서 범과 손을 잡을 수는 없는 일인 데다가, 어떤 식으로 범의 협력을 얻어야 좋을지도 알 수 없었다.

'사실 우리 쪽도 아는 게 거의 없으니까……'

다짜고짜 범을 찾아가서 "신시에 괴물이 있으니까 같이 협력해서 죽이자."라고 말한다고 그들이 오랜 세월 묵힌 원한을 거두고 함께 싸워줄 리는 없었다.

"타배는 배신하지 않았어. 가짜 타배가 한 거야."라는 말을 쉽게 믿어줄 리도 없었다.

그러니 지금 당장 할 수 있는 일은 같은 범 사냥꾼들에게 괴물에 대한 정보를 주고, 그들이 아는 정보를 취합한 후 협력하는 것뿐이었다.

모임 며칠 전부터 착호는 3구를 돌아다니며 괴물이 없는지 꼼꼼히 확인했다.

다행히 괴물처럼 보이는 건 없지만, 혹시 모를 일이기에 단단히 무장하고 3구 구립 체육관의 실내농구장에 와 있었다.

최근 범의 습격이 줄면서 범 때문에 초토화된 지역을 재정비한다는 이야기가 있었는데, 다행히 3구는 아직 비어 있어서 별 문제 없이 체육관을 사용할 수 있었다.

체육관 주위를 둘러보고 온 환이 제하의 옆에 서서 앞에 줄맞춰 늘어놓은 의자를 보며 물었다.

"몇 명이나 올까?'

"글쎄. 전단지 천 장을 만들었고, 그중 반 정도를 뿌렸으니…… 그래도 이백 명은 넘게 오지 않을까?"

"그 정도로 될까?"

"몇 명이 오는지는 중요하지 않다. 몇 명이나 우리의 말을 믿어줄지가 중요하지."

환의 말에 대답한 건 하루였다.

"하긴. 믿어주는 사람이 많아야 괴물에 대한 정보도 빠르게 퍼져나갈 테니까."

괴물이 은밀하게 움직이고 신속하게 인간을 죽여서인지, 아니면 다른 이유 때문인지는 모르겠지만, 괴물에 대한 정보가 이상할 정도로 퍼지지 않았다.

범에 대해서는 그렇게 떠들어댔었는데 괴물에 대해 떠들어대는 사람은 없었다.

끼이이―

오랫동안 관리하지 않아서 녹슨 체육관 문이 시끄러운 소리를 내며 열렸다.

첫 번째 범 사냥꾼인 줄 알고 돌아봤는데, 도건이다.

도건이 총으로 어깨를 툭툭 두드리며 농구장을 가로질러 걸어왔다.

"곧 2시인데 아무도 안 왔네."

2시가 약속이면 그전에 몇 명쯤은 도착해야 하는 법인데, 농구장에는 착호 말고는 아무도 없었다.

"오겠지."

환은 그리 말하면서도 자신의 말을 믿지 못하는 표정이었다.

"그래, 뭐. 오겠지. 그럼 난 나가서 농구장 주변을 돌아볼게. 너희가 고생 좀 해라."

범 사냥꾼들과 대화를 하는 건 하루와 제하, 환으로 정했다.

모두가 밀폐된 공간에 모여 있을 때 습격이 있으면 위험하기에 나머지 일행은 밖에서 둘러보며 습격에 대비하기로 했다.

도건이 나간 후에도 한동안 농구장은 민망할 정도로 조용했다.

2시가 지나고, 2시 5분이 지나고, 2시 10분이 될 무렵.

끼이이이익-

체육관 문이 열리고 한 남자가 안으로 들어왔다.

그의 뒤로 몇 명의 남녀가 따라 들어왔다.

가장 앞장서서 들어오는 사내의 모습을 확인한 제하가 눈을 부릅떴다.

'동철······?'

절대 오지 않을 줄 알았던 사람이 이곳에 왔다.

아니, 어쩌면 반드시 올 것 같았던 사람이라고 해야 할지도 모르겠다.

동철은 늘 제하를 눈엣가시처럼 여겼으니 지금이 착호를 치기에 좋은 기회라고 여겼으리라.

환도 그렇게 생각한 듯, 활을 쥔 손에 힘을 줬다.

동철과 그의 부하들은 저벅저벅 농구장을 걸어왔다.

제하는 그가 가까이 다가와서 시비를 걸 줄 알았다.

하지만 동철 일행은 시비를 거는 대신 제하와 가장 가까운 곳에 놓인 의자에 앉았다.

동철이 고개를 들어 제하를 올려다봤다.

그와 눈이 마주치는 순간, 제하는 그가 시비를 걸러 온 게 아니라는 걸 알 수 있었다.

'설마…… 정말로 정보를 나누려고 온 건가?'

들리는 얘기로는 호랑나비 인원이 상당히 많이 줄었다고 하니, 정말로 정보를 알고 싶어서 온 걸지도 모르겠다.

그래도 제하는 긴장을 풀지 않았다.

잠시 후, 또 농구장 문이 열리며 다섯 명 정도 되는 범 사냥꾼들이 들어왔다.

"이야, 착호를 이런 데서 다 보네."

"요새 착호도 일 없죠? 어머, 호랑나비도 와 있었네."

"어이구, 동철 형님. 오랜만에 뵙습니다."

그들이 호랑나비와 인사를 나누고 있을 때, 또 한 무리의 범 사냥꾼들이 들어왔다.

2시 30분, 농구장에는 여든 명 정도 되는 범 사냥꾼들이 모였다.

제하의 예상보다 훨씬 적은 수였지만, 실망하지 않았다.

하루의 말대로 믿어주는 사람이 얼마나 될지가 중요하다.

제하는 이 모임을 열기로 했을 때부터 준비했던 말을 꺼냈다.

"오늘 이렇게 모여주셔서 감사합니다. 저는 착호의 제하라고 합니다. 오늘 이렇게 모이자고 한 이유는 여러분께 알리고 싶은 일이 있기 때문입니다."

제하는 잠시 말을 멈추고 범 사냥꾼들을 쭉 둘러봤다.

그들은 말없이 제하가 정보를 내놓기를 기다리고 있었다.

제하는 담백하지만 무게감이 있는 목소리로 말했다.

"신시에, 무언가 있습니다."

번쩍-!

불티는 눈을 떴다.

"크윽……."

머리와 얼굴, 그리고 팔에 끔찍한 통증이 느껴졌다.

몸을 일으키려 했지만 꼼짝도 할 수 없었다.

그제야 자신이 의자에 묶여 있다는 걸 깨달았다.

'이게⋯⋯?'

기억이 혼란을 일으켜서 무슨 일이 벌어진 건지 알 수 없었다.

잠시 기억을 더듬은 후에야, 인간이지만 인간이 아닌 무언가와의 싸움에서 졌다는 걸 떠올렸다.

"제길⋯⋯!"

불티는 욕설을 뇌까리며 팔에 힘을 줬지만.

"으아아아악!"

팔 전체를 불로 지지는 것 같은 통증 때문에 비명을 지르고 말았다.

"저런⋯⋯. 많이 아프지요?"

귀에 익은 목소리가 들려왔다.

불티는 눈을 부릅뜨고 정면을 노려봤다.

크고 어두운 방, 그림자가 진 구석에 무언가가 있었다.

"환웅⋯⋯."

불티가 으르렁거리듯 이름을 부르자, 그림자 속에서 환웅이 천천히 모습을 드러냈다.

언제나처럼 부채로 입가를 가리고 눈가를 여유롭게 휜 채 사박사박 걸어왔다.

이윽고 불티의 앞에 선 환웅이 부채를 내리며 싱긋 웃었다.

"우리, 서로 나눌 이야기가 있지요?"

제 59 화

불티 part 1

범 사냥꾼들은 멍하니 제하가 하는 말을 들었다.

제하는 악몽이라도 꿨나 싶을 정도로 터무니없는 소리를 늘어놓고 있었다.

'괴물이 있다고……? 범이 아니라?'

처음에 전단지를 받았을 때만 해도 코웃음을 쳤다.

지들이 뭔데 모이재?

하지만 최근에 일거리가 떨어지기도 했고, 범의 습격이 없는데도 왠지 뒤숭숭하기도 해서 혹시 착호라면 아는 게 있을까 싶은 마음에 찾아왔다.

그런데 괴물 타령을 하다니.

"그건 여러 모습을 가지고 있습니다. 거미에 인간의 몸이 붙어 있거나 송충이 몸통에 노인의 얼굴이거나…… 그런 식으로, 도저히 이 세상에는 존재하지 않을 것 같은 그런 외형을 가지고 있습니다."

제하가 환에게 눈짓하자, 환이 기계를 조작해서 영상을 하나 띄웠다.

허공에 만들어진 영상은 인터넷에서 흔히 볼 수 있는 폐가 체험 같은 것이었다.

"아, 바쁜 사람 불러놓고 뭐 하자는 거야? 이런 장난질이나 하려고……."

참다못한 범 사냥꾼 한 명이 버럭 외치는 소리에 동철이 휙 뒤를 돌아봤다.

동철이 무시무시한 눈으로 쏘아보자 범 사냥꾼은 입술을 비쭉거리며 도로 자리에 앉았다.

시끌벅적하게 시작된 영상은 계속 흘러가다가 어느 지점에 다다랐다.

그 안에 담긴 끔찍한 광경에 범 사냥꾼들은 상체를 앞으로 기울였다.

처음에는 신기하게 생긴 작은 짐승. 다음에 비친 건.

"저게…… 뭐야?"

제하가 말한, 이 세상에는 없을 것 같은 외형의 괴물.

"헉!"

"저거…… 진짜야? 저게 진짜로 있다고?"

"아니, 말도 안 돼. 뭐……, 뭐 저런 게 있어? 저런 게 있는데 우리가 모른다고? 말이 돼?"

"저거, 범 아니죠? 대체 뭐죠?"

장내에 소란이 일었다.

영상이 끝난 후에도 범 사냥꾼들은 계속해서 그 괴물에 대해 떠들어댔다.

제하는 그들을 말리지 않고 실컷 떠들도록 내버려두었다.

이윽고 말총머리의 범 사냥꾼이 벌떡 일어나서 물었다.

"저 영상, 조작이죠?"

"아닙니다."

"인방 하는 애들, 조작 많이 해요. 요새 기술 좋아져서 저런 괴물도 쉽게 만들 수 있죠. 저번에 어떤 인방에서는 귀신이 나타났다면서 귀신 영상으로 인기를 얻었는데 몇 달이 지난 후에야 그게 조작된 영상이라는 게 밝혀졌어요."

"네, 그런 일도 있었죠. 하지만 이건 아무 가공도 하지 않은 영상입니다."

"우리기 그 말을 어떻게 믿죠?"

"목숨이 걸린 일이니까 믿어야지, 별수 있나?"

대답한 건 하루였다.

내내 있는 듯 없는 듯 조용히 서 있던 하루가 앞으로 나와서 제하의 옆에 섰다.

그리고 좌중을 둘러보며 말했다.

"믿든 안 믿든 그것은 너희 몫이다. 우리는 우리가 아는 정보를 모두 전했다. 그저 반발심만으로 거부하지 말고, 잠시 숨을 돌리며 둘러보아라. 너희 주위에는 정녕 갑작스레 연락 두절이 된 이가 없느냐?"

다들 떠오르는 게 있는지 말이 없었다.

"또 생각해보아라. 우리가 이런 것을 조작하고 거짓되게 일러서 얻을 것이 무어가 있겠느냐?"

"……."

"범은 인간 사냥을 멈췄다. 하지만 다른 무언가가 은밀하게 인간을 사냥하고 있지. 그것은 범보다 강하고 범보다 잔혹하다. 우리는 몇 번이나 그것을 상대했고, 몇 번이나 죽을 뻔했지."

착호가 죽을 뻔했다는 말에 잠시 술렁임이 일어났다.

"우리는 그것들의 배후에 무언가가 있다고 생각한다. 하지만 우리끼리 알 수 있는 정보는 터무니없이 부족해서 무엇이 있는지 짐작조차 할 수 없지. 그러나 너희가, 우리가 아는 정보를 모으고 힘을 합치면 무어라도 알 수 있지 않겠느냐?"

침묵이 흘렀다.

다들 생각에 잠겨 있던 와중에 한 남자가 벌떡 일어났다.

"난 이 미친 짓에서 빠지겠어."

"나도. 괴물은 지랄. 저런 게 실제로 존재할 리가 없잖아."

"하, 씨. 시간 낭비만 했네. 착호라고 해서 뭐 아는 것 좀 있는 줄 알았더니 이런 애들 장난이나 하고. 이딴 짓 할 거면 그냥 인터넷 방송이나 하든가."

대부분의 사냥꾼이 욕설을 내뱉으며 문으로 향했다.

저런 반응도 예상했기에 제하는 실망하지 않았다.

"나가는 길에 우리 연락처나 받아가. 만약 저런 괴물을 만나면 연락하고. 아, 우리한테도 연락처 좀 알려주고 가면 더 좋고."

"연락처는 씨X."

범 사냥꾼들은 툴툴거리며 나갔지만 문 앞에 있던 호수가 내미는 명함은 순순히 받아들었다.

'혹시' 모르니까.

다른 사냥꾼들도 눈치를 보더니 하나둘씩 일어나서 농구장을 빠져나갔다.

그들은 명함을 받았고 호수가 내민 비상 연락망에 자신의 번호도 적었다.

마지막까지 농구장에 남은 건 동철 일행이었다.

동철은 부하들에게 눈짓으로 나가 있으라고 한 후, 제하를 향해 걸어왔다.

제하는 언제든 검을 뽑을 준비를 하고 동철을 노려봤다.

동철은 가만히 제하를 올려다보다가 물었다.

"믿을 만한 정보냐?"

"그래."

"저런 괴물이 진짜로 신시에 있단 말이지?"

"그래."

"몇이나 되는지는 모르고?"

"그래."

"······알겠다."

그 말까지만 하고 돌아서는 동철에게 제하가 물었다.

"그게 다야?"

동철이 의아한 듯 제하를 돌아봤다.

"당신, 날 죽이고 싶어 했잖아."

"아, 그거."

동철의 입가에 씁쓰레한 미소가 묻어나왔다.

"나중에 하지. 네놈보다는 저게."

동철의 손가락이 아까 영상이 떠 있던 자리를 가리켰다.

"더 무서워서."

불티는 핏발 선 눈으로 환웅을 노려봤다.

왜 이놈이 여기에 있는 걸까?

답은 금방 나왔다.

"그 여자의 주인이 네놈인가?"

환웅이 빙긋 웃었다.

"아주 바보는 아니군요."

"대체 그건 뭐지?"

"인간이지요."

"인간? 하! 별 미친 소리를 다 듣겠군. 그게 인간이라면 나도 인간이다, 이 미진놈아!"

환웅의 입가에서 미소가 지워졌다.

서늘한 냉기가 환웅의 눈을 채웠다.

환웅이 한 걸음 더 다가와서 나직하게 말했다.

"인간이지요."

"그건 인간이 아니야."

"인간."

빠악-!

부채가 불티의 손목을 때렸다.

이미 뼈가 부서진 손목은 부채에 맞았을 뿐인데도 끔찍한 고통을 자아냈다.

"이라고!"

빠악-!

"했을 텐데요!"

빠악-!

부서진 뼈가 부채에 맞아서 더 잘게 부스러졌지만 불티는 이를 악물고 신음을 삼켰다.

환웅이 다시 빙그레 미소 지었다.

"이제 알겠지요?"

"도대체…… 뭘 하는 거지?"

"그건 내가 묻고 싶군요. 대체 뭘 하는 거죠? 나랑 약속한 게 있잖아요."

"아, 그 미친 짓? 그건 이제 관뒀어."

"……왜죠?"

"싫증 나서. 나는 사냥해서 먹는 걸 즐기거든. 저장해놓고 고문하다가 잡아먹는 것도 신선하긴 했지만, 이제는 재미가 없네."

"흐응."

환웅이 눈을 가늘게 뜨고 불티를 응시했다.

왜일까?

불티는 환웅을 어디선가 본 것 같다는 기분이 들었다.

분명 이번에 신시에 내려와서 처음 본 얼굴인데, 왜인지 까마득한 옛날부터 이자를 알아 온 것만 같았다.

하지만 그리움 같은 기분은 느껴지지 않았다.

오히려 거슬리고 성가시고 기분 나쁘고 거리껴졌다.

"날 무시하는 건가요?"

환웅의 질문에 불티는 인상을 찌푸렸다.

"뭐?"

"날 무시하는 거냐고 물었지요."

"아, 무시. 그래, 무시하지. 너 같은 변태 새……, 컥……."

환웅이 갑자기 손을 뻗어 불티의 입안으로 제 손을 밀어 넣었다.

그러더니 불티의 혀를 잡아 끄집어내서 그대로 뽑아버렸다.

"끄아아아아아악!"

인간이었다면 죽었겠지만 범이기에 죽지 않았다.

그러나 겪는 통증은 같았다.

끔찍한 고통이 척추를 타고 흘러내렸다.

정체를 알 수 없는 미친놈 앞에서 비명 따위는 지르고 싶지 않지만 막지 못한 절규가 뻗어 나갔다.

몸부림치는 불티를 환웅은 재미있다는 듯 지켜봤다.

이윽고 불티가 숨을 몰아쉬며 환웅을 노려봤다.

"에어…… 어으……."

혀가 사라지고 핏물이 가득한 입은 제대로 된 말을 만들어 내지 못했다.

그 모습에 환웅이 환하게 웃었다.

그의 입술이 귀 아래까지 찢어지는 모습에 불티는 섬뜩함을 느꼈다.

지귀를 마주쳤을 때보다 더한 공포가 불티를 내리눌렀다.

'이건 대체 뭐지?'

인간이 아니다.

범도 아니고, 곰도 아니다. 그 무엇도 아니다.

하지만 분명 이런 기분 나쁜 놈을 어디선가 본 적이 있다.

'어디서? 대체 어디서 봤지?'

그게 아주 중요한 문제인 것 같았다.

'나는 죽겠지.'

환웅을 이길 수 있을 것 같지가 않았다.

그 무슨 방법을 쓰더라도 환웅에게서 벗어날 수 있을 것 같지 않았다.

그걸 깨달았기에, 죽음을 각오했다.

때문에 자신의 죽음보다 환웅의 정체를 알아내는 게 더 중요했다.

'하지만 이놈은 계속 살아 있을 거고. 아마도 내 동족을 죽일 거야.'

환웅은 인간을 죽이라고 했다.

하지만 이제는 알겠다.

환웅이 죽이려는 대상이 인간만은 아니라는걸.

"좋은 생각이 떠올랐어요."

환웅이 말했다.

"기다려봐요."

환웅이 책상으로 걸어가더니 카메라 하나를 들고 왔다.

그는 카메라가 불티를 찍도록 조정해서 설치한 후, 다시 불티의 앞으로 와서 카메라를 등지고 섰다.

그리고 히죽 웃더니.

변했다.

회갈색 머리칼에 어깨가 넓은 사내로.

"그리운 얼굴이지요?"

그립고 증오스러운 얼굴이, 불티를 향해 싱긋 웃었다.

그 먼 옛날, 술잔을 기울이던 친구처럼 그렇게 웃었다.

그 얼굴을 보는 순간.

그리고.

스릉–

그의 부채가 검고 긴 검으로 변하는 걸 보는 순간.

불티는 깨달았다.

환웅의 정체를.

먼 옛날, 증오가 시작된 전쟁의 진실을.

이 모든 싸움의 원인을.

불티의 볼을 타고 뜨거운 눈물이 흘러내렸다.

그 눈물을 보는 '그'의 미소가 깊어졌다.

"걱정하지 마요. 너도 곧 타배의 곁으로 가게 될 테니."

제 60 화

불티 part 2

무릎을 꿇고 고개 숙인 마로를 후포는 지그시 응시했다.

묻고 싶은 것도 꾸짖고 싶은 것도 많았다.

특히 동족을 죽인 것만큼은 그냥 넘길 수 없는 일이었다.

하지만 후포는 마로를 나무라지 않았다.

지금은 더 중요한 문제가 있었다.

"정신은 차렸나?"

"……네."

"그럼 됐다."

"……아니요, 주군. 제가 나래를 죽였습니다. 자후도, 그리고……."

"나래는 불티가 죽였다고 들었다. 그리고…… 아니, 마로, 그

문제는 나중에 얘기하자. 이 신시에 무언가가 있다."

마로가 고개를 번쩍 들었다.

그의 눈동자가 기이하게 빛났다.

"주군도 보셨습니까?"

"너도 봤나 보군."

"네. 그건 정말이지…… 끔찍했습니다. 인간들이 도와주지 않았다면……."

그제야 후포는 증오에 미쳤던 마로가 왜 정신을 차렸는지 알 수 있었다.

후포 자신도 그랬으니까.

인간들이 증오스럽지만, 그들은 때로 지독하게 따뜻했다.

빌어먹게도 그랬다.

"대체 그건 뭡니까, 주군?"

"주군이 그걸 아시면 널 산 채로 잡아 오라고 하시지도 않았 겠지. 넌 내 손에 죽었을 거다, 마로."

허서가 툴툴거렸다.

그는 이 와중에도 소파에 앉아서 음량 제거를 한 TV를 보고 있었다.

그런 그가 고까웠지만 마로는 허서에게 뭐라고 할 입장이 아니었다.

후포가 말했다.

"그건 강하더군. 지금 우리의 힘으로는 그걸 상대하기 어려울 거다."

"그럴 겁니다. 힘이 온전치 않으니……. 옛 힘만 그대로 가지고 있었더라도……."

그림자 세계에 갇혀 있으면서 너무 많은 힘을 잃었다.

"그게 신시에 존재하는 채로는 이 신시에서 인간을 몰아낸다 해도 편안하게 살기는 힘들 거다. 그것들을 먼저 상대하는 게……."

후포가 거기까지 말했을 때였다.

"주군!"

허서가 비명처럼 후포를 부르며 TV 음량을 키웠다.

"허서, 내가 지금 마로랑 이야기를……."

"저거……, 저것 좀 보세요."

허서가 경악에 찬 눈으로 TV를 가리키고 있었다.

그제야 보통 일이 아니구나 싶어서 후포는 TV를 돌아봤다.

후포가 숨을 멈췄다.

마로가 벌떡 일어났다.

"불티······."

불티가 화면을 가득 채우고 있었다.

끔찍한 몰골의 불티가 큰 덩치의 사내에게 잔인한 고문을 당하고 있었다

그 아래에 [최근 인터넷을 뜨겁게 달군 잔인한 영상에 대해] 어쩌고 하는 자막은 눈에 들어오지도 않았다.

불티는 의자에 팔다리를 꽁꽁 묶인 채, 반항도 하지 못하고 고문을 당했다.

사내가 든 송곳이나 단검 따위가 불티의 몸을 찌르고, 두툼한 팔이 불티의 명치를 쳐올리거나 턱을 가격했다.

그럴 때마다 움찔움찔 떨리는 불티의 육체는 그가 느낄 고통을 보는 이에게 고스란히 전해주었다.

불티의 두 눈에서는 끊임없이 눈물이 흘러내리고 있었다.

붉지 않지만, 피눈물이었다.

핏물 가득한 입안에 혀가 없다는 걸 눈치챈 허서가 리모컨을 떨어뜨렸다.

불티가 뻐끔뻐끔 입술을 움직일 때마다, 고여 있던 핏물이 턱을 타고 흘렀다.

"으······ 흐으······."

제 혈육의 고통을 눈에 담는 마로의 몸이 부들부들 떨렸다.

이윽고 불티의 눈에서 서서히 빛이 사라지고, 움찔거리던 육체가 움직임을 멈추며 고개가 아래로 툭 떨어졌다.

그리고 암흑보다 검은 칼날이 냉정하게 움직여 불티의 목을 잘라냈다.

그 검을 보는 순간, 후포가 증오에 찬 절규를 내뱉었다.

"제하아아아아아아아!"

✧✧✧

"나는 이 정도면 양호하다고 봐."

제하가 비상 연락망에 쓰인 번호를 휴대폰에 저장하며 말했다.

"여기에 번호를 쓰고 간 사람들은 우리 말을 완전히 믿지는 않아도 긴가민가하는 사람들인 거야. 그거면 돼."

"하긴. 누가 날 불러서 갑자기 괴물이 나타난다고 하면 나 같아도 못 믿었을 거야."

주안이 제하의 말에 동의했지만 세인은 불퉁한 표정이었다.

"지들한테 도움 되는 얘기를 해주겠다고 부른 건데 그딴 태도는 다 뭐야? 너희는 진짜 속도 좋나.”

“나도 뭐, 평소라면 다들 한번 당해보라고 내버려뒀을 텐데 지금은 상황이 좀 그렇잖아. 우리끼리 할 수 있는 일도 많지 않고.”

비상 연락망에 쓰인 번호는 30개가 조금 넘었다.

사실 제하도 실망스럽긴 했지만 일행 앞에서 그런 내색을 하고 싶지는 않았다.

안 그래도 희망이 안 보이는 상황에서 자신까지 우울해하면 안 될 것 같았다.

“일단 표리 쪽에서 무기는 계속 만들고 있으니까 무기 걱정은 안 해도 될 거고……, 문제는 어떤 식으로 괴물에 대한 걸 흘리냐인데…….”

제하는 지금도 괴물이 어딘가에서 활동하고 있을 거라고 믿었다.

자신이 무엇에게 당하는지도 모르는 채 죽어가는 사람이 있을 것이다.

“역시 영상을 뿌리는 게 낫지 않을까?”

제하의 말에 세인이 고개를 저었다.

“사냥꾼들 반응 봐봐. 우리가 직접 불러서 보여줬는데도 조작이라고 야단이잖아. 분명 조작 타령 나올걸."

"그렇긴 하겠지. 그런데 믿는 사람도 분명 있을 거야. 어쩌면 자기도 뭘 찍었는지 몰라서 넘어갔던 사람들이 괴물 관련 영상이나 사진 같은 거, 아니면 경험담 같은 걸 올려줄지도 모르고."

"도건아, 넌 안 그렇게 생겨서 참 순진하다. 그 경험담 중에 90프로는 주작일걸. 날아오르라, 주작이여. 몰라?"

"세인이 넌 매사에 그렇게 부정적이다가는⋯⋯."

그때, 조용히 휴대폰으로 뭔가를 보던 환이 벌떡 일어났다.

다들 말을 멈추고 환을 올려다봤지만 환의 시선은 휴대폰에 고정되어 있었다.

무엇을 본 건지 그는 창백한 안색으로 두 눈을 부릅뜨고 있었다.

환의 표정이 심상찮아서 다들 그에게 말도 걸지 못했다.

한참이 지나서야 환이 천천히 고개를 돌렸다.

환의 눈동자가 제하에게서 멈췄다.

"내가⋯⋯ 혹시 어⋯⋯, 괴물에 관한 얘기가 없나 싶어서⋯⋯ 커뮤니티를 좀 돌고 있었거든⋯⋯."

"뭔가 좀 나온 게 있어?"

제하기 반색하고 묻자, 환은 대답 없이 휴대폰을 테이블 가운데에 내려놨다.

그리고 띄워놨던 영상의 재생 버튼을 눌렀다.

다들 허리를 앞으로 숙이고 휴대폰에 시선을 모았다.

괴물 얘기를 하고 있었기에 당연히 괴물이 나오는 영상일 줄 알았다.

아니었다.

괴물보다 더 끔찍한 것이 그 안에 담겨 있었다.

의자에 꽁꽁 묶인 불티.

이미 죽어가는 불티를 커다란 체구의 사내가 거침없이 고문하고 있었다.

그 처참한 광경에서 다들 눈을 돌리고 싶었지만 마치 저주에 걸린 것처럼 그 영상에서 시선을 뗄 수가 없었다.

불티는 수많은 사람을 고문하고 환의 여동생과 주안의 연인을 죽였지만, 그런 생각이 잊힐 정도로 불티가 고문당하는 장면은 잔혹하기 그지없었다.

이윽고 불티의 움직임이 멈추며 머리가 앞으로 푹 꺾였다.

그리고.

사내가 들어 올리는 검은색 검.

바닥으로 떨어지는 불티의 머리.

영상이 끝났지만, 착호의 시선은 여전히 휴대폰에 고정되어 있었다.

누구도 입을 열지 못했다.

숨도 제대로 쉴 수 없었다.

그들은 눈만 꿈뻑거리며 한동안 그렇게 굳어 있었다.

한참 후, 약속이라도 한 듯 모두가 휴대폰에서 시선을 떼고 일제히 한 방향을 응시했다.

그 시선들의 목적지는 제하의 얼굴이었다.

세인이 경악에 찬 눈으로 제하를 보며 물었다.

"제하야. 저거, 너 아니야?"

[A 커뮤니티 게시판]

대박대박. 님들. 그 영상 봤음? '범을 잡았다. 고문을 시작한 다.'라는 영상.

└봤음. 봤음. 완전 미쳤음. 나 진짜 울 뻔.

└님, 범 좋아함?

└감동해서 울 뻔. 울 아부지, 범 때문에 돌아가심. 복수 제
대로 한 느낌.

└222

└333

└우리의 위대한 고문전문가 님을 시의원으로 모셔야 합니
다.

└소중한 한 표 던집니다.

[B 커뮤니티 게시판]

여러분. 이번에 올라온 '범을 잡았다. 고문을 시작한다.' 보
셨나요? 저 그거 보고 토할 뻔했어요. 아무리 범이라지만 너무
잔인하더라고요.

└미치심? 그거 범임.

└아무리 범이라도 생명이잖아요.

└쓰니 말에 동의해. 너무 잔인하더라. 나랑 같이 본 친구는
중간에 토했어. 끔찍해. 범 우는 거 봤어? 진짜 불쌍하더
라.

└님들은 범한테 가족이 안 죽었으니까 하는 말이죠. 저는 언니랑 조카가 죽었거든요. 범한테요. A 백화점 사건 때, 거기서 죽은 희생자가 우리 언니랑 조카예요. 솔직히 저랑 우리 부모님은 좀 끔찍하긴 했어도 속은 시원하더라고요.

└우리 형도 내 앞에서 범한테 잡아먹힘. 난 다리 하나 잃었음. 저 영상 올린 게 누군지는 몰라도, 나한테는 영웅임.

└세상 미쳐 돌아가네. 그냥 죽이면 되지, 고문을 하는 건 아니지 않나? 저게 뭔 영웅? 그냥 사이코패스 미친 새끼지.

└소중한 사람을 잃어보세요. 그런 말이 나오나. 범이 불쌍하다고? 그럼 내 친구는? 범 새끼한테 먹힌 내 친구는 안 불쌍함?

└맞아요. 여기서 범 불쌍하다고 하는 분들은 희생자 가족 가슴에 못 한 빈 디 박는 거예요. 당신들도 가해자예요.

[C 커뮤니티 게시판]

정보 입수! 나, 저 영상 올린 거 누군지 앎.

└허언증 노노.

└노잼.

└진짜임. 님들, 저 남자가 범 대가리 자른 검, 본 적 없음?

└헐. 설마!

└뭔데? 누군데?

└누구냐아아아. 빨리 말해!

└검은색 검, 착호잖아. 착호 제하.

└헐. 미친. 진짜?

└진짜인 듯. 검도 그렇고, 덩치도 비슷하네.

└와, 범 사냥꾼인 줄 알았는데 사이코패스 새끼였네.

└뭔 소리야? 영웅이지. 잘했다, 제하. 응원합니다.

└응원합니다.

└응원합니다.

환웅은 각 커뮤니티에 올라오는 글들을 확인하며 싱긋 웃었다.

정말이지 아둔하고도 또 아둔한 놈들이다.

조금만 건드려주면 깊이 생각해보지 않고 의도한 대로 따라와 준다.

아주 약간만 생각해봐도, 아니, 아주 조금만 더 자세히 영상을 들여다봐도 제하의 뒷모습과 다른 부분이 있다는 걸 알게 될 텐데.

그 검은 머리칼이 가발이라는 것을 알 텐데.

그저 믿고 싶은 대로 믿고, 떠들고 싶은 대로 떠들어댄다.

뒤는 생각하지도 않고.

인간이 범을 고문하고 죽이는 장면에 희열을 느끼며 환호할수록 범은 착호를, 그리고 인간을 더욱 증오할 것이다.

인간도 범이 고문당하며 울부짖는 모습을 봤으니 앞으로도 계속 보고 싶어 할 테지.

"후…… 후후후후…… 후후후."

환웅이 어깨를 들썩거리며 폭소를 터뜨렸다.

"후후후하하하하하하하."

이 상황이 우스워서 견딜 수가 없었다.

환웅은 배를 잡고 한참을 웃었다.

"그래, 그때도 그랬지요."

아주 오래전.

이 신시에 진짜 신단수가 자라고 있었던 그 시절에도.

"너희는 고대부터 지금까지 쭉 미련했지요."

제 61 화

눈송이

눈을 감자 흘러들어오는 기억.

잊고 싶지만 도저히 잊히지 않는, 까마득히 먼 옛날의 풍경이 환웅을 에워쌌다.

신시의 중심부에서 자라는 거대한 신단수.

사계절 내내 푸른 잎이 지지 않는, 웅장하고 고귀한 거목.

신시에서 살아가는 이들에게 신단수는 생명이자 힘의 근원이었다.

그 때문에 고귀한 종족일수록 신단수에서 가까운 곳에 살았다.

신시의 많은 종족 중, 신단수와 가장 가까이에 사는 이들은 곰족과 범족이었다.

그 외에도 두두리족, 백여우족, 길달족, 뱀족 등등 일곱 개의 종족이 신시 안에서 곰족, 범족과 어우러져 살아갔다.

믿는 신에 따라 다른 힘을 가진 그들은, 서로에게 부족한 것을 채워주기도 하고 도움을 받기도 하며 큰 다툼 없이 평화롭게 지냈다.

그러나 신시에 발을 딛지 못하는 미약한 생명들도 존재했다.

'그것' 또한 그랬다.

언제 어떻게 왜 태어났는지도 모르는 채 그저 어느 순간 갑자기 존재하게 된 그것.

어린아이 주먹만 한 크기, 하얗고 보송보송한 털을 가진 '그것'은 저 멀리에 보이는 웅장한 신단수를 경외하고 소망했다.

작은 몸을 데굴데굴 굴려 본능처럼 신단수를 향해 나아갔지만, 강력한 힘으로 보호받는 신시 안으로 들어갈 수는 없었다.

신시를 둘러싼 숲에서 아름다운 신시 안의 풍경을 선망하는 것 외에 '그것'이 할 수 있는 일은 없었다.

자그마한 체구 탓에 풀과 나무가 앞을 가려 그조차 제대로
볼 수가 없었다.

어느 날엔가, 나무에 올라가서 신시를 제대로 구경할 요량
으로 데굴데굴 몸을 굴리다가 다른 놈들의 눈에 띄고 말았다.

"이게 뭐야? 이거, 방금 혼자 굴러갔지?"

"털뭉치겠지."

"아니야. 방금 이거 혼자 굴러갔다니까? 저 나무에 올라가
려는 것처럼."

'그것'보다는 크지만 신시에 들어갈 만한 힘을 갖지는 못한
놈들.

그중 한 놈이 '그것'을 집어 올렸다.

'그것'은 공포에 질렸지만 할 수 있는 일이 없었다.

눈만 깜빡거리며 그들이 그냥 놓아주기를 간절히 바랄 뿐.

하지만 '그것'의 소망은 이뤄지지 않았다.

충분히 강하지 못해서 신시에 들어가지 못한 그들에게 '그
것'은 가지고 놀기 좋은 장난감이었다.

"이놈, 이것 봐봐. 이렇게 해도 안 죽는데?"

"파삭 눌려 죽을 것 같은 놈인데, 의외로 생명력은 질기네."

죽지는 않지만 그렇다고 공격하지도 못하는 '그것'을, 그들

은 마음껏 괴롭혔다.

'그것'을 괴롭히며 그들은 자신들이 약하다는 울분과 열등감에서 잠시나마 벗어날 수 있었다.

하지만 그들의 강함은 아무 힘도 없는 '그것' 앞에서만이었을 뿐.

"뭣들 하냐?"

나무를 하러 나온 얼룩범의 한마디에 그들은 '그것'을 버려두고 꽁지가 빠지게 도망쳤다.

간신히 괴롭힘에서 벗어난 '그것'은 감사 인사를 하기 위해 얼룩범 앞에서 알짱거렸지만, 얼룩범은 '그것'을 귀찮게 굴러다니는 털뭉치로만 생각했다.

"이건 또 뭐야?"

다가오는 '그것'을 신경질적으로 차버린 얼룩범은 손톱을 길게 빼내 나무 몇 그루를 베어낸 후, "흐어엉!" 하고 포효했다.

그러자 어딘가에서 얼룩범보다 큰 체구를 가진 갈색곰이 나타났다.

"왜?"

"이것 좀 같이 들자고."

얼룩범이 턱짓으로 쓰러진 나무들을 가리켰다.

갈색곰이 코웃음을 쳤다.

"하이고. 이것도 혼자 못 드셔서 날 부르셨어?"

"네놈이 일도 안 하고 먹기만 하다가 살만 찔까 봐 일부러 움직일 기회를 좀 준 거거든?"

얼룩범과 갈색곰은 티격태격하면서도 사이좋게 나무를 나눠 들고 신시로 돌아갔다.

그들은 자기들이 짊어지고 가는 나무에 하얀 털뭉치가 하나 붙어 있다는 걸 깨닫지 못했다.

◇◇◇

신시에 들어갈 때 약간의 타격감이 있기는 했지만, '그것'은 죽지 않고 무사히 신시의 경계 안에 들어올 수가 있었다.

'나는 생각보다 강한가 봐.'

아까 놈들이 지독히게 괴롭히는데도 죽지 않았다.

'힘은 없지만 생명력은 질긴가 봐. 그렇다면······.'

이 신시에서 살아갈 자격이 있는 거 아닐까?

이렇게나 강한 몸을 가졌다면 범족이나 곰족과 다를 게 없지 않을까?

문득 떠오른 오만한 생각을 '그것'은 얼른 지웠다.

아까 얼룩범은 도끼도 없이 손톱만으로 나무를 베었다.

갈색곰은 힘든 기색도 없이 나무 몇 그루를 어깨에 짊어지고 걸었다.

'나는 그냥 쉽게 죽지 않을 뿐, 곰이나 범만큼 강한 건 아니겠지. 그래도 신시 안에 들어왔으니, 차근차근 노력한다면 언젠가 신시의 일원이 될 수 있을 거야.'

그런 소망은 쉽게 이뤄지지 않았다.

'그것'은 너무 작아서 존재감이 전혀 없었다.

도울 일이 없을까 여기저기 기웃거려도, "이거 뭐야?", "누가 여기에 털을 흘리고 갔어?", "저거 쓸어내." 따위의 취급을 받는 게 고작이었다.

간혹 '그것'이 생명체라는 걸 깨달은 이들은 콧방귀를 뀌었다.

"이런 게 왜 신시에 있지?"

"여기서 태어났나? 누가 흘린 털뭉치가 생명을 얻었나?"

"이것 봐, 발로 차면 털이 파르르 떨려."

"야, 불쌍하니까 그러지 마."

"불쌍하긴 뭐가 불쌍해? 이건 지가 아픈 줄도 모를걸."

"아프니까 털이 떨리겠지."

"그냥 반사적으로 떠는 거야. 이런 게 무슨 아픔을 알아?"

"그런가?"

'그것'이 받는 대우는 신시 밖에서나 안에서나 달라진 게 없었다.

하찮은 생명체를 존중해주는 이는 아무도 없었다.

'그것'은 이해할 수가 없었다

너희는 운이 좋아서 그렇게 태어난 거고, 나는 운이 나빠서 이렇게 태어난 것뿐이야.

그런데 왜 나를 그렇게 대우하지? 나는 그저 태어나서 존재할 뿐인데 왜 그렇게 비웃고 괴롭히는 거야?

단지 강해서? 너희는 강하고 나는 약하니까? 그래서 이런 식으로 대하는 거야?

그렇다면 나도 강해지면 너희를 그렇게 대해도 돼?

그래, 그렇구나. 그게 강자의 특권이구나. 강하면 약한 놈들을 그렇게 함부로 대해도 되는구나. 강하다는 건 그런 거고, 약하다는 건 이런 거구나.

그저 순수하게 신시를 열망하던 하얀 마음에 검은 물이 뚝뚝 떨어지기 시작했다.

번화가에서는 사람들에게 괴롭힘을 당하고, 변두리에서는 짐승들에게 쫓기는 생활을 하면서도 '그것'은 신시를 떠나지 않았다.

신단수가 내뿜는 생명력으로 가득한 신시는 몹시도 매혹적이어서, 아무리 괴롭힘을 당하더라도 떠나고 싶지 않았다.

한 번 떠나면 두 번 다시는 이곳으로 돌아올 수 없을 것만 같았다.

'살아남을 방법을 찾아야 해. 그리고…… 저 신단수를 내 것으로 만들겠어.'

굴러다니는 솜뭉치처럼 보이는 생명 안에서 싹튼 소망은 야망이 되었다.

✦✦✦

운명의 만남이 있던 그 날.

'그것'은 언제나처럼 늑대에게 쫓기며 자신의 야망을 이룰 방법을 찾아서 머리를 굴리고 있었다.

그때.

"캐앵!"

늦대가 비명을 질렀다.

'그것'은 굴러가는 걸 멈추고 뒤를 돌아봤다.

거대한 체구의 사내가 늑대가 있던 자리에 서 있었고, 방금 전까지 '그것'을 쫓아오던 늑대는 꼬리를 말고 도망치는 중이었다.

'그것'은 눈을 깜빡거리며 거대한 사내를 올려다봤다.

어깨까지 내려오는 회갈색 머리칼에 호박색 눈동자를 가진 그는, 반듯한 이마에 오뚝하고 큰 코, 그리고 가늘고 길어서 매서워 보이는 눈매를 가지고 있었다.

'그것'은 사내가 자신을 발견하지 못했기를 바랐지만 사내의 시선은 정확하게 '그것'을 향해 있었다.

사내가 발을 떼자 '그것'이 움찔 몸을 떨었다.

그러자 사내는 걸음을 멈추고 그 자리에 쭈그리고 앉았다.

그러더니 '그것'을 향해 손을 뻗었다.

"쭈쭈쭈. 이리 와."

매서운 외모와 다르게 목소리는 나직하고 부드러웠다.

누군가 자신에게 그토록 다정한 눈빛과 목소리를 내주는 게 처음이었기에, '그것'은 저도 모르게 사내를 향해 통통통 달려 갔다.

그리고 사내의 커다란 손바닥 위에 독 올라싰다.

사내는 '그것'을 향해 상냥한 미소를 지었다.

"귀엽구나. 이 근처에 사느냐?"

'그것'이 그렇다고 하듯 통통 뛰었다.

"나는 타배라고 하는데. 네 이름은 뭐지?"

"⋯⋯."

"아, 말을 못 하나? 그럼 내가 이름을 지어줄까?"

"⋯⋯."

"너는 하얗고 귀여우니 눈송이가 좋겠다."

눈송이.

'그것'에게 이름이 생겼다.

하지만 '그것'은 그 이름이 마음에 들지 않았다. 너무 연약해
보이는 이름이다.

"이곳은 위험하니 나와 함께 가는 게 좋겠구나. 어때? 나랑
같이 살겠느냐?"

이제 눈송이가 된 '그것'은 잠시 망설이다가 통통 뛰었다.

그렇게 눈송이는 타배와 함께 신시를 살아가게 되었다.

"눈송이······."

환웅의 입에서 서늘한 음성이 흘러나왔다.

"그런 이름을 가졌을 때도 있었지요."

환웅의 콧등에 신경질적인 주름이 생겼다.

"짜증 나."

아무 힘도 없었던 그때만 떠올리면 속이 부글부글 끓었다.

힘이 없기에 당해야만 했던 수모를 잊고 싶은데, 모래알처럼 박힌 기억들을 전부 지울 수가 없었다.

"이 땅에 너희가 존재하는 한······."

환웅은 부채를 움켜쥐었다.

"그 기억은 평생 나와 함께하겠지."

그러니 지워버려야만 한다.

이 땅에서 내게 수모를 주었던 그 버러지 같은 놈들을 모조리 없애야만 한다.

그리고 이 땅을.

"내 아이들로 채워야지."

그때는 갖지 못했던.

"내 가족으로."

제 62 화

도망자 part 1

늦은 밤, 신시 1구의 폐가.

끼이이익-

오랫동안 관리하지 않은 현관문이 불쾌한 소리를 내며 열리자, 제하는 검 손잡이를 쥐었다.

"어휴, 진짜 뭐 하나 사려면 한참을 나가야 하네."

툴툴거리는 목소리가 세인의 것이라는 걸 확인한 후에야 제하는 긴장을 풀고 검에서 손을 뗐다.

먹을 걸 사러 나갔던 세인과 호수가 돌아왔다.

세인과 호수는 양손에 커다란 편의점 봉투를 여러 개 들고 있었다.

"앞으로 어떻게 될지 몰라서 일단 살 수 있는 만큼 사 왔어.

이럴 때는 얼굴이 일러진 게 진짜 별로야. 연예인들도 이런 기분인가?"

세인이 푹 눌러쓰고 있던 모자를 벗었다.

"미안하다, 나 때문에."

제하의 말에 호수가 인상을 찌푸렸다.

"이게 왜 너 때문이야? 네가 한 짓 아니라며?"

"아! 내가 툴툴거려서 그래? 너한테 눈치 주려고 한 거 아니었어. 네 탓이라고 생각 안 해!"

"제하가 눈치를 볼 만하지. 네가 좀 투덜거리냐?"

"아, 그래. 그럼 내 탓으로 하자. 다 내 탓이다, 내 탓."

세인이 두 손을 살짝 들어 올리고 말했다.

기분을 풀어주려고 노력하는 그들을 보며 제하는 일주일 전의 일을 떠올렸다.

"제하야. 저거, 너 아니야?"

세인의 질문을 받은 후에도 제하는 한참 대답을 하지 못했다.

제하의 눈에도 불티를 고문하는 남자가 자신으로 보였기 때문이다.

검은 머리카락, 넓은 어깨와 훤칠한 키, 그리고 불티의 목을 베어낸 검은색 검.

저도 모르는 사이에 불티를 고문하고 죽인 게 아닌지 의심스러울 정도였다.

제하는 뻣뻣하게 굳은 채로 휴대폰 안의 영상을 노려봤다.

영상 속의 불티는 그야말로 처참했다.

증오하는 범인데도 불쌍하다는 마음이 들 만큼 끔찍한 꼴을 당했다.

불티에게 연인을 잃은 주안도, 가족을 잃은 환도, 경악과 동정에 물든 눈빛을 하고 있었다.

"이건……."

자신의 입술 사이로 흘러나오는 목소리가 제 목소리처럼 들리지 않았다

"이건…… 대체…… 누구지……?"

나인가? 아니면 다른 누군가인가?

자기 자신조차 의심스러워서 흘러나온 질문.

"이건 제하가 아니다."

오히려 단호한 건 하루였다.

"아니, 물론 제하가 아니겠지. 나도 제하라고 생각한 건 아니
거든. 그런데 너무 제하 같으니까 나도 모르게 물어본 거지."

세인도.

"당연히 제하일 리가 없지. 제하가 저런 짓을 하겠냐?"

도건도.

제하보다 더 제하를 믿었다.

그래서 제하는 정신을 차리고 다시 한번 영상을 확인했다.

"이건 내가 아니야. 하지만…… 저놈이 들고 있는 척살검
은……."

제하는 허리에 찬 검집을 확인했다.

척살검은 그 안에 얌전하게 들어가 있었다.

도건이 말했다.

"새까만 검 같은 거야 얼마든지 꾸며서 만들 수 있지. 아무
래도 네 얼굴이 알려져 있으니까, 너랑 비슷한 체구면 너인 척
하는 건 일도 아니야."

"왜 나인 척하고 저런 짓을 하는데?"

"그거야……."

"이간질시키려고."

대답을 한 건 주안이었다.

주안은 새까만 눈동자를 제하에게 고정시키고 말했다.

"누군가 우리랑 범을 이간질시키려고 하고 있어."

"대체 누가……."

"지금 중요한 건 그런 게 아니야."

지금껏 조용히 있던 환이 벌떡 일어나며 말했다.

"그런 얘기는 나중에 하고, 일단 거처를 옮겨야 해."

"아, 그래. 그래야겠다."

도건도 환의 말에 동의했다.

어리둥절하게 올려다보는 제하에게 환이 설명했다.

"이 영상만 두고 봐. 우리는 이게 네가 아니라는 걸 알지만 다른 사람들은 이걸 너라고 생각할 거야. 너는 범을 죽였어. 그것도 아주 끔찍하게 고문하고 죽였지."

"……."

"범들이 가만히 있지 않을 거야."

그제야 제하도 그들이 무슨 말을 하는지 깨달았다.

범들은 영상 속의 남자가 누구인지 제대로 알아보려 하지 않을 것이다.

제하에 대해 잘 모르니 제하가 한 짓이라고 철석같이 믿으리라.

"우리 본부가 놈들에게 알려져 있는 건 아니지만 찾으려면 얼마든지 찾을 수 있어. 우리가 이 근처에서 활동하니까. 놈들이 찾기 전에 도망쳐야 해. 지금 당장은 도망치는 게 좋겠어."

그래서 도망쳤다.

이미 폐허가 된 1구에서 3구 사이의 폐가를 전전하며 지내는 중이다.

그동안 상황은 더 좋지 않게 흘러갔다.

불티 고문 영상이 여기저기 퍼지고, 대부분의 인간이 영상 속의 남자가 한 짓을 옹호했다.

제하, 파이팅!

제하가 신시를 살린다.

우리 영웅! 범 따위 다 고문해서 죽여버려!

범 잡으러 갈 파티 구합니다.

인터넷은 뜨거웠다.

범을 향한 적대감과 증오는 쭉 있어 왔지만 그 영상이 기폭제가 되어 숨죽이고 있던 사람들이 감정을 폭발시키게 만들었다.

최근에 범의 습격이 줄었다는 건 사람들에게 큰 위로가 되지 못했다.

범은 갑자기 나타났다가 갑자기 사라졌으니 언제 또 나타날지 모를 일.

그럴 때, '제하'가 범을 무장 해제시켜놓고 마음껏 고문했다는 건 인간들에게 큰 위안이 되었다.

저것 봐. 저 무시무시한 범이 제하 한 사람에게 꼼짝도 못하고 당하잖아. 우리 인간도 저렇게 강할 수 있다고!

사람들이 '제하'를 신처럼 추앙하는 건 제하에게 조금도 기쁜 일이 아니었다.

제하가 어두운 표정으로 앉아서 식닥만 노려보고 있자, 세인이 어깨를 으쓱하더니 봉투에서 초콜릿을 꺼냈다.

"단것 좀 먹어."

제하는 무심코 초콜릿을 받아 포장지를 뜯으며 말했다.

"대체 누가 그런 짓을 한 걸까?"

그 영상을 본 후, 수도 없이 되풀이한 질문.

하지만 아무도 그 대답을 찾을 수가 없었다.

"왜 그런 짓을 한 거지?"

이에 대한 답은 알았다.

범과 제하, 나아가 범과 인간 사이를 이간질시키려고.

하지만 대체 왜?

"우리 인간이랑 범을 이간질시켜서 얻는 게 뭘까?"

"역시 이 싸움을 길게 끌고 싶은 거 아니겠어?"

제하의 맞은편에 앉아서 초콜릿을 우물거리며 세인이 답했다.

호수가 고개를 끄덕였다.

"길게 끌고 싶은 거지. 그런데 대체 누가? 왜? 무엇 때문에?"

"하. 그걸 모른다는 게 문제지. 그것만 알면 당장 찾아가서 죽여버리면 되는 일인데."

"세인이 너는 그렇게 말해놓고 범 한 마리도 못 죽이잖아."

"나도 할 때는 하거든?"

호수와 세인이 티격태격하는 소리가 시끄러웠는지, 방에서 자던 다른 일행들이 밖으로 나왔다.

"어, 뭐야. 나 없이 야식이야?"

"도건이 너도 초콜릿 먹을래?"

세인이 자기가 먹던 초콜릿을 내밀자, 도건이 그 손을 밀어내고 봉투를 뒤져서 컵라면을 하나 꺼냈다.

"컵라면 먹을래."

"여기 수도 안 나와. 가스도 안 나오고."

"그럼 컵라면은 왜 사 온 거냐? 사람 설레게."

"생으로 먹어."

"컵라면을 생으로 먹으라고?"

"얼마나 맛있는데. 일반 라면 생으로 먹는 것보다 훨씬 바삭바삭하고 맛있어."

"아, 그래?"

도건이 컵라면 포장을 벗겨 생라면을 조각낸 후, 거기에 라면 스프를 뿌렸다.

한 조각 입에 넣고 아삭아삭 씹던 도건이 눈을 휘둥그레 뜨고 세인을 돌아봤다.

세인이 '그렇지?' 하는 우쭐한 눈빛을 지었다.

"와, 컵라면도 생으로 먹으니까 맛있네."

"그렇다니까. 내가 없는 소리 하는 거 봤어?"

"어디 나도 먹어보자."

주안이 손을 뻗자, 도건이 주안의 손등을 툭 때렸다.

"네 거 먹어. 나는 내 몫을 다 먹고 싶으니까."

"치사하긴."

"나랑 나눠 먹자."

환이 컵라면 하나를 꺼내면서 말했다.

전기가 끊겨 전등을 켤 수 없어서 촛불 몇 개를 켜놓은 폐가.

그 어두컴컴한 곳에서도 평소처럼 행동하는 동료들을 보자, 제하는 술렁거리는 마음이 조금은 차분하게 가라앉는 걸 느꼈다.

만약 이들이 없었다면 이렇게 평정심을 유지하기는 힘들었을 것이다.

그때, 하루가 제하의 입에 불쑥 라면 조각을 넣어줬다.

반사적으로 라면을 받아먹는 제하를 보며 하루가 물었다.

"걱정되느냐."

"넌 걱정 안 돼?"

"그저 이제 무얼 해야 할지 고민될 뿐이지."

하루가 담담히 흘린 말에 제하는 뒤통수를 맞은 기분이 들었다.

다음에 뭘 해야 할지.

그래, 지금 중요한 건 앞으로 어떻게 할지 계획을 세우는 것이다.

이런 곳에 틀어박혀 영상을 올린 게 누군지 고민한다고 해도 지금 알고 있는 것 이상의 것을 알아내지는 못할 것이다.

"하루 너는 늘 그렇게 콕 집는 얘기를 잘하더라."

"그야 나는 아주 오랜 세월을 살아온 고귀하고도……."

"아, 그래, 그래."

제하는 건성으로 대꾸하며 휴대폰을 켰다.

불티 고문 영상이 나온 후, 제하의 번호를 아는 범 사냥꾼들에게서 어떻게 된 일인지 묻는 전화와 메시지가 끊임없이 들어오는 바람에 휴대폰을 꺼둔 터였다.

아니나 다를까.

휴대폰을 켜자마자 그동안 쌓여 있던 메시지가 쏟아져 들어왔다.

[그 영상 어떻게 된 거냐? 제하 너 맞아?]

[제하 님, 왜 연락이 안 돼요?]

[전화 좀 받아봐.]

[범이 제하 씨 찾아다니는 것 같아. 아까 작호 본부 근처에서 어슬렁거리던 범을 봤거든.]

[방금 어떤 사람이 제하 씨 사진 보여주면서 이 사람 만나려면 어디로 가야 하냐고 묻더라고요. 인간처럼 생기기는 했는데 아무래도 범 같아서 모른다고 했어요.]

역시 범들은 제하를 찾고 있었다.

그나마 다행인 건, 범들이 또다시 인간 사냥을 시작하지는 않았다는 점이었다.

그것만으로도 제하는 희망을 느꼈다.

그때.

쿠카아아아아아-!

건물이 무너졌다.

제 63 화
도망자 part 2

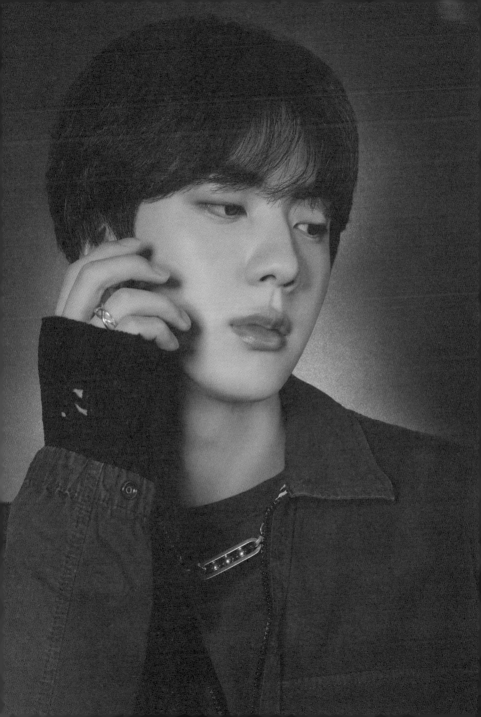

목조 주택에 숨어 있었던 것이 사달이었다.

만약 콘크리트로 지은 주택이라면 아무리 상급 범이라도 쉽게 무너뜨리지는 못했을 테니까.

제하는 머리 위로 떨어지는 파편을 피하며 손을 뻗었다.

덥석-!

하루의 멱살을 잡아서 끌어당기는 것과 동시에.

쿠웅-!

하루가 서 있던 자리에 커다란 인영이 떨어져 내렸다.

후두둑-

부서진 건물 조각들이 떨어졌지만 상대는 꿈쩍도 하지 않고 붉은 안광을 빛냈다.

정신없는 외중에도 제하는 척살검을 찾아서 허리로 손을 가져갔다.

하지만 손가락 끝에 걸리는 것이 없었다.

잠자리에 들려던 차라 검집을 식탁 옆에 세워뒀던 것이다.

그리고 그 식탁은 지금 무너진 건물 잔해에 파묻혀 있었다.

'다른 녀석들은……?'

방금 전까지만 해도 함께 있던 일행이 보이지 않았다.

"눈알."

그때 상대의 목소리가 음산하게 울렸다.

"굴리지 마라!"

쌔액-!

하루의 멱살을 잡은 채로 날아오는 손톱을 피했다.

제하에게 딸려가며 하루가 외쳤다.

"나는 내가 알아서 해! 검이나 찾아!"

그제야 굳이 하루가 누군가의 도움을 받아야 할 정도로 약하지 않다는 걸 떠올렸다.

하루의 말대로 검을 찾아야 한다는 건 알겠는데, 일행이 무사한지 걱정돼서 제대로 상황을 판단할 수가 없었다.

그러는 동안에도 상대는 생각할 틈을 주지 않고 덮쳐왔다.

검은 안개가 번져 시야를 가리고.

스아아악-!

무언가가 빠르게 접근해 오는 소리가 들렸다.

몸을 비틀어 공격을 피했지만 완벽하게 피하지는 못했다. 허리에 불에 타는 듯한 통증이 느껴졌다.

"제하!"

왼쪽에서 세인의 외침이 들려왔다.

"안개에 닿지 마!"

호수의 목소리도.

'무사하구나.'

모두의 목소리를 확인한 건 아니지만 다른 일행도 괜찮을 거라고 믿었다.

쌔애액-!

날아온 손톱이 제하의 팔뚝을 깊이 베었다.

안개로 눈앞이 가려진 데다가 무기도 없는 상태에서 놈을 상대하기는 힘들다.

일행도 검은 안개에 덮여 있거나 바깥쪽에 있어서 제하를 돕기는 힘든 상황일 터였다.

'다음 공격 때.'

제하는 도망치는 대신 똑바로 서서 정면을 노려봤다.

사아악-!

예상대로 놈의 손톱은 제하의 가슴을 노렸다.

제하는 피하지 않고 두 손으로 손톱을 붙잡아 꺾었다.

콰직-!

손톱이 부러지자 놈이 작게 욕설을 뇌까렸다.

한 치 앞도 볼 수 없었던 검은 안개가 흐릿하게 사라지며 가까이에 서 있는 놈의 얼굴을 확인할 수 있었다.

회색에 갈색 줄무늬가 있는 흉악한 인상의 범.

"마로……"

마로의 콧등에 깊은 주름이 생겼다.

"네놈도 내 동생처럼 죽여주마!"

"잠……!"

마로는 해명할 기회를 주지 않았다.

발로 제하의 복부를 차서 밀어낸 마로가 남은 아홉 개의 손톱으로 제하를 공격했다.

채앵-!

하지만 그 손톱은 주안의 창에 막혔다.

먼지를 뒤집어쓴 주안이 마로를 향해 옅게 웃었다.

"여기 제하만 있는 건 아니라서."

마로의 입술이 벌어졌다.

"그럼 나는 나만 있는 줄 알았나?"

"뭐……?"

"크허어어엉!"

마로가 포효했다.

그와 동시에 여기저기서 검은 안개가 일렁거리며 일행을 향
해 달려왔다.

"젠장!"

세인이 양손에 단검을 하나씩 쥐고 주위를 두리번거렸다.

환이 시위를 당기고, 도건의 총에서 총성이 터졌다.

타앙-!

그렇게 피하고 싶던 범과의 전투가 시작되었다.

✦✦✦

처음에는 착호가 밀렸다. 제하에게는 무기가 없고, 갑작스러
운 공격이라 충분한 대비를 못한 탓이었다.

제하가 마로의 공격을 피하거나 막는 동안, 하루는 다른 동

료를 도우며 척살검을 찾아서 잔해를 뒤졌다.

터엉-!

제하의 목을 가르려던 마로의 손톱이 제하의 단단한 팔뚝에 막힌 게 벌써 다섯 번째.

마로의 눈동자가 음울하게 빛났다.

"강철 피부를 사용하는군. 그러면서도 빠르고. 역시 넌 그 놈이랑 너무 똑같아."

"그놈이라는 건……."

마로는 제하가 말할 기회를 주지 않았다.

터엉-!

막힐 걸 알면서도 계속해서 손톱을 찔러넣었다.

그렇게 하면 한 번쯤은 공격이 먹혀들 것이라는 듯이.

마로의 판단은 틀리지 않았다.

마로를 상대하는 내내 몸을 강화시키고 있던 제하는 서서히 피로감을 느끼기 시작했고, 말 그대로 강철처럼 단단했던 피부가 점점 물러지고 있었다.

이제 두 세 번 더 저 공격을 막으면 팔이 잘릴 것이다.

마로는 슬쩍 뒤를 돌아봤다.

마로와 함께 온 범은 고작 세 명.

"네 동료들은 둘이 한 명도 제대로 상대하지 못하는군. 그런 주제에 내 동생을……!"

"그건 내가 한 게……!"

터엉-!

"윽!"

마로의 손톱이 결국 제하의 피부를 파고들었다.

찡하게 울리는 통증에 제하가 작게 신음하는 걸 마로는 놓치지 않았다.

마로가 다시 손톱을 휘두르려고 할 때였다.

타앙-!

탕-!

타다다다다-!

여기저기서 총성이 울렸다.

"크아아악!"

"뭐, 뭐야!"

"마로, 조심해!"

회색 범이 날 듯이 달려와서 마로를 덮치듯 구르자마자 그 자리로 총알 세례가 이어졌다.

하나하나 힘이 담긴 총알이었다.

마로가 붉은 눈을 번뜩이며 총을 쏜 상대를 찾아 허공을 둘러보는 동안, 하루가 척살검을 찾아냈다.

"제하!"

하루가 던진 척살검을 향해 제하가 달려갔고, 마로 역시 척살검을 향해 몸을 날렸다.

제하가 척살검의 손잡이를 잡은 것과 마로가 검집을 잡은 건 거의 동시에 벌어진 일이었다.

"내가 아니야!"

척살검을 뺏으려 하는 마로를 향해 제하가 으르렁거리듯 내뱉었다.

"그건 내가 아니라고!"

"말이 되는 소리를······."

타다다다다-!

타앙- 탕- 탕-!

다시 시작된 총성이 마로의 말을 끊었다.

제하는 아까 마로가 그랬던 것처럼 그의 배를 발로 차서 밀어내고 척살검을 뽑았다.

척살검이 그 모습을 드러내자 범들의 눈동자가 술렁거렸다.

어딘가에 몸을 감춘 채 지원 사격을 하는 인물들. 그리고 척살검.

이번에는 범 쪽이 불리한 입장이었다.

하지만 마로의 눈빛만큼은 여전히 기세 좋게 타오르고 있었다.

그 모습에 제하의 가슴이 싸늘하게 식었다.

"너도 인간들을 고문해서 죽였잖아."

비릿하게 흘러나온 음성이 제 것이 아닌 것처럼 들렸다.

"너도 내 친구의!"

제하의 손가락이 환을 가리켰다.

"부모님이랑 동생을 고문해서 죽였잖아! 너희들도! 내 친구의!"

주안을 가리켰다.

"연인을!"

도건을 가리켰다.

"가족을 죽였잖아!"

마로의 눈동자가 흔들리는 걸 제하는 놓치지 않았다.

제하는 척살검을 비스듬히 들고 마로에게 달려들었다.

"마로!"

범들이 외쳤지만 제하가 더 빨랐다.

척살검이 마로의 가슴팍을 찌르고 들어가려는 순간.

휘릭-!

날아온 밧줄이 척살검을 감아 고정시켰다.

"아가야. 우리가 하려는 건 복수가 아니지 않느냐."

증오와 복수심으로 불타는 현장에서 하루의 나지막한 음성이 평화로웠다.

제하는 이를 으득 갈면서 마로를 노려봤다.

이번에는 제하의 눈동자가 증오를 머금은 채 흉흉하게 빛나고 있었다.

"내 부모님을, 죽였잖아, 너희도."

제하의 검이 움찔했지만 하루의 밧줄이 단단히 묶고 있어서 더는 움직이지 않았다

석상처럼 굳어 있는 마로를 향해 제하가 손을 뻗었다.

제하의 손바닥이 마로의 가슴을 향하는 동안에도 마로는 꼼짝하지 않고 서서 제하의 눈을 응시하고 있었다.

타악-!

제하가 손바닥으로 마로의 가슴팍을 밀어냈다.

"가."

"……."

"가서 그 눈으로 그 영상을 한 번 더 똑바로 봐. 그 짓을 한 게 정말로 나인지 제대로 확인하라고."

마로는 지금 이 순간 착호가 마음을 먹으면 이 자리에 있는 범을 모두 죽일 수 있다는 걸 알았다.

그들뿐이라면 좀 힘들겠지만, 이곳저곳에 모습을 감춘 지원군이 있으니 아무리 상급 범이라도 모두를 상대하기는 어려운 상황이었다.

"이대로 보내주겠다고?"

"그래. 죽여버리고 싶은데."

제하는 환의 허락을 구하듯 그를 돌아봤다.

환은 피가 배어 나올 정도로 아랫입술을 세게 깨물고 있었다.

제하와 시선을 마주친 환은 울 것처럼 얼굴을 일그러뜨렸지만 곧 고개를 끄덕였다.

"다들 널 죽여버리고 싶어 하는데."

척살검을 쥔 손에 힘이 들었다.

"우리가 죽여야 할 게 범은 아닌 것 같거든."

❖ ❖ ❖

위기일발의 순간에 착호를 도운 건 호랑나비 팀이었다.

범들이 떠난 후 모습을 드러낸 동철의 모습에 제하는 쓴웃음을 지었다.

불과 얼마 전까지만 해도 동철은 제하를 죽이려 들었는데, 이번에는 착호의 목숨을 구했다.

전시에는 적이 아군이 되기도 하고 아군이 적이 되기도 한다는데, 정말 그런 모양이다.

호랑나비 팀은 차나 오토바이를 가져와서 착호를 태워갈 준비를 하고 있었다.

제하와 하루는 동철이 운전하는 차에 탔다.

다른 일행은 동철의 부하들이 운전하는 자동차나 오토바이에 나눠서 타기로 했다.

그래야 혹시 모를 습격이 있을 때도 대응하기 쉽기 때문이었다.

자동차가 달리는 동안, 뒷좌석에 앉아 있던 제하는 가만히 동철의 뒤통수를 노려봤다.

'이 인간을 믿는 게 옳은 선택일까?'

등잔 밑이 어둡다는 말처럼 다른 범 사냥꾼들과 함께 지내는 편이 범들을 피하기에 나을 것 같다는 판단을 내렸다.

게다가 진짜 적은 범이 아닌 다른 존재이니만큼 고립된 상태로는 아무것도 할 수 없는 상황이었다.

그래서 동철을 완전히 믿지 못하면서도 도와주겠다는 그의 제안을 받아들이는 수밖에 없었다.

동철은 괴물을 본 적 없으면서도 괴물이 존재한다는 걸 믿기에 착호를 구하러 왔다.

과거의 해묵은 은원은 미뤄두고 힘을 합쳐야 할 때, 괴물의 존재를 믿는 사람이 한 명이라도 더 있다는 건 아주 중요한 일이었다.

"당신도 그 동영상 봤지?"

"어, 봤지."

"그걸 보고 나한테 뭔가 기대하는 게 있다면 관둬. 그건 내가 한 짓이 아니니까."

"알아."

"……안다고?"

동철이 백미러로 제하를 흘끔 쳐다봤다.

"네놈 깜냥에 그런 근사한 짓을 해낼 것 같지는 않았거든. 너, 맹탕이잖아. 아까도 그놈들을 다 놔주고."

"……맹팅이라니."

어이가 없지만 기분이 나쁘지는 않았다.

오히려 그런 짓을 한 게 자신이 아니라는 걸 믿어줘서 고맙다는 생각까지 들었다.

한때는 죽일 듯 밉다가도, 작은 신뢰, 작은 은혜 하나로 쉽게 바뀌기도 하는 것이 감정인 걸까?

그러면서도 결코 바꿀 수 없는 감정 또한 존재하기에, 관계라는 것을 이어가는 건 쉽고도 어려운가 보다.

한참을 달리던 자동차가 어느 건물 지하로 들어갔고, 거기서 차에서 내려 다른 건물로, 또 다른 건물로 몇 번을 더 이동한 끝에야 그들은 호랑나비 본부에 도착할 수 있었다.

〈7FATES: CHAKHO〉 5권 끝

2023년 12월 20일 초판 1쇄 발행

기획/제작 | HYBE
공동기획 | WEBTOON

발 행 인 | 정동훈
편 집 인 | 여영아
편집국장 | 최유성
편　　집 | 양정희 김지용 김혜정 김서연
디 자 인 | DESIGN PLUS

발 행 처 | (주)학산문화사
등　　록 | 1995년 7월 1일
등록번호 | 제3-632호
주　　소 | 서울특별시 동작구 상도로 282 학산빌딩
편 집 부 | 02-828-8988, 8836
마 케 팅 | 02-828-8986

ISBN 979-11-411-1992-8 03810
ISBN 979-11-411-1987-4 (세트)

값 9,800원